» venir. — Vous deviez partir, en
» effet, après lui, autant qu'il m'en
» souvient. Il aurait dû vous emme-
» ner avec lui. — C'était impossible :
» il m'avait chargé d'une commission
» importante... »

Ici, mon valet de chambre, craignant sans doute de s'être trop expli-
qué, s'arrêta. Il reprit ainsi :

» Mais, puis-je savoir pourquoi
» vous m'avez fait demander? — Nous
» avons reçu une lettre de M^r. de
» Valdel par laquelle il nous fait part
» de son arrivé à Worms, et nous
» charge en même tems de vous de-
» mander si vous avez pu soustraire
» les objets pour lesquels il vous
» avait envoyé à Paris, ce qui a
» dû vous être facile, puisqu'il a été

ANGELINA

ALSTHERTONE.

ANGELINA ALSTHERTONE,

OU

LE DÉSHONNEUR IMAGINAIRE.

Par l'Auteur de Rose de Valdeuil.

TOME SECOND.

PARIS,

Chez PIGOREAU, Libraire, Place Saint-
Germain-l'Auxerrois,

1802.

ANGÉLINA
ALSTHERTONE.

CHAPITRE PRÉMIER.

Fureur qu'on a dû prévoir.

L'ABBÉ revint de Versailles le soir du même jour que notre héroïne avait quitté sa maison ; l'agitation qu'il remarqua parmi les valets , quand il rentra , le surprit et l'inquiéta ; chacun semblait éviter ses regards , et craindre ses questions ; il monta rapidement, et Simon , son valet-de-chambre , se trouvant là pour son service , il demanda des

Tome II.   A.

nouvelles d'Angelina ; elle est sortie depuis midi, répondit le vieux domestique, Sally était avec elle, et c'est envain qu'on a préparé le dîner.

Oh ciel ! s'écria l'abbé, Angelina est enlevée ! Misérables ! Est-ce ainsi que vous avez conservé le précieux dépôt confié à vos soins : je vous chasse tous, si ma pupille n'est pas rendue à mes vœux avant demain au soir.

Cette menace et le ton dont elle était faite, effraya les gens de l'abbé ; il payait bien, était peu exigeant, et le mystère qu'il mettait dans ses plaisirs pendant la vie de madame de Valville, était avantageux à ceux qui le servaient ; ils promirent pour l'appaiser de faire des recherches actives de la jolie orpheline : il est impossible , en effet , dit de l'Ormeuil , qu'il reste long-tems inconnu.

Et quand on la retrouverait , s'écria Simon , avec cette assurance , que son âge lui donnait , que vous en reviendrait-il ? Quel droit avez-vous , monsieur , sur une jeune personne que ses parens ne vous ont pas confiée , qui ne dépend que d'elle-même , et dont je suis bien sûr que vous avez effrayé l'innocence ; elle préférera , n'en doutez pas , la plus affreuse misère à l'abondance que vous faisiez régner autour d'elle , et dont son honneur aurait été le prix.

Qui t'a dit , interrompit l'Ormeuil, en rougissant , que j'ai eu l'intention de corrompre Angelina,

— Qui me l'a dit? monsieur : croyez-vous que j'aie perdu la mémoire ? Je me souviens bien de Thérèse.

(Le lecteur saura bientôt ce que c'était que Thérèse.)

L'abbé se tut, Simon avait ses secrets ; cet homme honnête par goût, vicieux par besoin, était devenu le confident de son maître, pour assurer son existence, que son peu de talent rendait fort précaire ; mais au fond il blâmait sa conduite, et ne lui épargnait pas les épigrames, et quelquefois de vertes remontrances, quand son libertinage le scandalisait trop.

Angelina avait gagné tous les cœurs ; si la malignité des valets leur suggérait quelques sarcasmes, en même tems ils la plaignaient, et auraient fait tout au monde pour l'arracher à la séduction.

Qu'on juge de leur satisfaction, quand ils furent convaincus que la jeune anglaise n'était plus au pouvoir de leur maître : elle égala sa colère, et la crainte de perdre leur place, put seule les engager à se mettre à sa poursuite.

Les menaces firent place aux promesses, l'abbé donna sa parole que le retour de sa pupille serait suivi de cinquante louis pour celui qui la ramenerait : l'espoir de cette gratification leva tous les scrupules, et devint un stimulant pour la valetaille, dont ordinairement le zèle est proportionné au salaire qu'on lui destine.

A 3

CHAPITRE II.

La calomnie et ses effets.

EN apprenant la fuite d'Angelina, l'abbé avait soupçonné que malgré ses fausses accusations elle avait pu trouver un asyle chez la mèae d'O-limpe ; il y envoya , et le messager fut chargé d'une lettre dont le con-tenu achèvera de faire connaître no-tre abbé. Si l'orpheline était pré-sente , il fallait la supprimer; si on ignorait son sort , il fallait qu'elle fût remise à madame de Neuville elle était ainsi conçue :

« Gémissez avec moi, madame,

ét joignez vos recherches aux
miennes, la fille adoptive de ma
sœur est disparue ; j'ignore de quel
côté elle a pu tourner ses pas,
mais tout ce que je sais, c'est qu'elle
n'est pas partie seule , un jeune
homme l'accompagne , ou plutôt
me l'enlève , et elle emporte des
effets précieux qui ne lui ont jamais appartenu.

» L'Irlandaise n'avait pas tout-à-
fait tort , je le vois à présent ; cette
fille est une couleuvre. Je remercie
Dieu de ce que ma sœur n'est pas
à portée de voir son ingratitude. Si
vous apprenez des nouvelles de cette
pauvre égarée , veuillez , je vous
prie , m'en faire part, etc. »

Au moment où le laquais de l'abbé
entrait avec l'odieuse missive , le

facteur sortait de rendre une lettre
d'Agelina, adressée à madame de
Neuville ; elle y détaillait la conduite de son tuteur, et ses atten-
tats contre son innocence. Si je
n'eusse craint, ajouta-t-elle, d'être
découverte par cet homme immoral,
j'aurais osé vous demander un asyle ;
mais le voisinage de votre demeure
avec la maison de l'abbé, me fait
frémir.

Si votre Angelina a conservé votre amitié, malgré son affreux malheur, laissez pour moi une lettre
chez Christine, je la ferai prendre,
et d'après les sentimens que vous
y exprimerez, je vous ferai connaître l'asyle de l'infortunée Alsterthone.

P. S. Ne croyez pas, madame,

qu'une méfiance injurieuse m'ins-
pire de garder envers vous le secret sur ma demeure ; mais je con-
nais l'hypocrisie de mon persécu-
teur , et je crains qu'il ne sache
vous gagner à cet égard. Cet homme semble une image de la Divinité , et l'enfer est dans son cœur :
pourquoi faut-il que ma bienfaitrice ait eu un frère si peu digne
d'elle.

Madame de Neuville lut alterna-
tivement les deux lettres , et ce
qu'elle éprouva serait impossible à
décrire. Angelina était-elle coupa-
pable ? L'abbé avait-il des torts ?
La mère et la fille se firent dix fois
cette question , et ne purent fixer
leur opinion d'une manière satisfaisante : Olimpe penchait pour sa

jeune amie ; la veuve se fiant aux apparences, se mit du parti de l'abbé,
et l'opinion de la mère l'emporta
sur celle de la fille. Celle - ci eut
beau croire dans son cœur à l'innocence d'Angelina, elle fut forcée
de se taire et de garder le silence :
tout ce qu'elle osa se permettre, ce
fut de dire à Christine, qui leur ap-
portait du lait, qu'il aimait toujours
son amie, et qu'elle la plaignait de
toute son âme.

CHAPITRE III.

Existence bien ennuieuse.

RETIRÉE dans le plus mo leste local, n'ayant pour domestique, pour amie et pour consolation, que la douce et vertueuse Sally , Angelina s'aban-donnait à la douleur ; elle n'espérait plus que dans l'amitié de madame de Neuville. Sa compagne travestie sous des habits macuslins , se rendit chez Christine , qui sans la recon-naître , lui transmit là réponse d'Olimpe, les mots piquans échappés à sa mère ; et après avoir pleuré sur le sort de sa bienfaitrice, et offert son

humble toit, chargea le faux com-
missionnaire de toutes les provisions
qu'elle avait faites pour sa famille ;
mademoiselle, disait-elle à chaque
chose qu'elle offrait, en mangeait
quand elle venait me voir, une ré-
vérence accompagnait son discours,
et du coin de son tablier, elle es-
suyait de grosses larmes qui inon-
daient ses joues.

Sally, touchée de son affection,
accepta ses présens, la rassura sur le
sort de sa jeune maîtresse, et après
l'avoir assurée qu'elle la reverrait
quelque jour, elle reprit la route de
Paris.

Angelina pleura amèrement en
apprenant que l'abbé avait osé la
noircir, et que madame de Neuville
ajoutait foi à ses propos ; l'affection
d'Olimpe

d'Olimpe la consola un peu ; mais le seul mouvement de joie réelle qu'elle ressentit, ce fut au récit de Sally, concernant la bonne paysanne, les témoignages de son attachement, lui firent goûter un instant de bonheur. Je puis donc, s'écria-t-elle, compter encore trois amies, Sally, Christine et Olimpe.

Les premiers momens passés, il fallait s'occuper de pourvoir aux besoins communs, le legs de mistriss O'Flanagand assurait à Sally six cent livres de rente viagère ; mais Angelina ne possédait plus rien, sa beauté, ses malheurs, quelques talens agréables, voilà quelles étaient ses ressources.

Sally résolut de mettre les derniers à profits, on acheta un métier, des

soies , on broda différens objets de
fantaisie : pendant que sa maîtresse
travaillait , la soubrette vaquait aux
soins du ménage , allait vendre l'ouvrage achevé , et à son retour , sa
gaieté , ses récits , dissipaient l'ennui
de la jeune orpheline.

Bientôt la perfection de ce qui
sortait de ses mains inspira aux mar-
chands l'envie de la faire travailler
pour leur compte , et ses travaux devinrent si multipliés , qu'elle se vit
obligé de prendre deux ouvrières.
Sally avait avouée que ce n'était pas
elle qui travaillait , et plusieurs jolies
demoiselles insistèrent pour voir
l'ouvrière. Elle ne sort pas ; disait
Sally. — Et reçoit-elle du monde
chez-elle ? dit un jour un fabricant
dont l'âge et la mine bourgeonnée ne

rassuraient pas sa compagne. Encore
moins, dit la compagne d'Angelina.
Ces mots augmentèrent le desir de
M. Martin, et il jura tout bas qu'il
verrait la jeune brodeuses.

Sally prévit son dessein, et elle
avertit sa maîtresse pour qu'elle se
tînt préparée ; deux jours se passèrent ainsi ; le troisième pendant
qu'on dinait, Sally reconnut la
voix du marchand qui demandait
dans l'escalier mademoiselle Lin-
nange, son parti fut bientôt pris,
elle fit cacher sa maîtresse, et l'une
des ouvrières, toujours bien mise
et fort laide, prit sa place à table.

M. Martin, qui s'était fait une idée
charmante de l'inconnue, fut désa-
gréablement surpris de trouver une
laide créature, où il croyait voir

une jolie femme, il balbutia quelques mots sur un ouvrage à venir prendre, parce qu'il était pressé; et il sortit fort mécontent.

Sally riait de si bon cœur, après le départ du marchand, que sa maîtresse ne pût s'empêcher de l'imiter, et la journée se passa plus gaiement que les autres.

Cependant madame Martin, jalouse à l'excès, avait fait suivre son mari; le rapport de son argus la jetta dans un excès de fureur à-peu-près inexprimable, et elle jura que non-seulement Angelina ne travaillerait plus pour elle, mais qu'elle lui ferait une avanie capable de la dégoûter des intrigues; car dans son imagination la jeune personne n'était pas une vestale.

A peine son mari était-il de retour , qu'elle partit; elle arriva chez la jeune anglaise , qu'on riait encore aux dépens de son époux ; ce fut Sally qui la reçut , et son étonnement ne fut pas petit, en la voyant succéder à son mari.

Votre visite suit de près celle de M. Martin , lui dit - elle gaiement ; mais vous verrez, ma maîtresse , au lieu qu'il en a vu une autre , et elle lui raconta la tromperie qu'elle avait imaginé pour empêcher une seconde visite.

Le ton naïf du récit de Sally avait suspendu la colère de madame Martin ; elle entra , et parut frappée de la beauté d'Angelina. Votre constance à vous tenir cachée , lui dit-elle , fait l'éloge de votre vertu , et si mon mari vous eût vu , vous

vous seriez difficilement échappée
de ses mains.

Mon intention, répondit l'orpheline, est de rester inconnue, et je
vous supplie, madame, que le secret de ma demeure en soit un
pour tout autre que vous.

Madame Martin, excellente femme, quand sa tranquillité n'était
pas compromise, applaudit à sa
résolution, l'assura de son amitié,
et partit bien joyeuse du tour qu'on
avait joué à son volage époux.

Il y avait plus de deux mois que
notre héroïne habitait dans son petit
logement, qu'elle n'avait pas osé descendre son escalier ; les intervalles
étaient remplis par la lecture ; le soir
on prenait l'air à la croisée, on se
couchait tristement, et on se levait
de même.

CHAPITRE IV.

Première sortie. — Evènement inattendu.

SALLY crut s'apercevoir que le dé-
faut d'exercice était nuisible à sa
maîtresse, et elle exigea d'elle qu'elle
sortit quelques fois.

Depuis la première visite de madame Martin, elle était devenue
l'amie de l'orpheline, et elle venait
souvent chez elle : elle arriva un jour
pour l'engager à venir avec elle.

Angelina résista long-tems ; mais
quand elle sut que la marchande
allait à l'hôpital voir sa sœur, qui y

était en chef, elle se rendit, et on
partit.

Madame Martin présenta sa jeune
compagne à sa sœur comme une héroïne de vertus, et la religieuse lui
prodigua de tendres caresses.

Après un goûter dont la délicatesse
monacale avait fait les frais, madame Legouvé proposa à ses convives
de leur faire voir la maison ; elles y
consentirent, et le spectacle d'une
misère dont elle n'avait pas d'idée,
l'attendrit jusqu'aux larmes.

On arriva enfin à l'aîle de la maison où sont renfermées les malheu-
reuses dont les chagrins où la misère
ont aliéné la raison. Sally connaissant
la sensibilité de sa maîtresse, ne voulait pas qu'elle vit cette portion affligeante des commensales de la salpé-

trière ; mais un sentiment plus fort
que la curiosité entraîna Angelina
sur les pas de sa conductrice.

Arrivée dans ce gouffre où l'humanité gémit, où la multitude des
malades empêche ceux qui les sur-
veillent de leur donner les soins que
leur état exigerait, où même l'habi-
tude d'en voir endurcit ceux qui les
gardent. Angelina frémit et regretta
d'être venue jusque là.

Une de ses infortunées attirait les
regards de l'orpheline, elle ne pouvait en détourner les yeux. Je con-
nais cette physionomie, répétait-elle
à Sally : de son côté la jeune fille
sentait son cœur se gonfler, elle finit
par demander à la religieuse quelle
était cette fille intéressante.

Bien intéressante en effet, dit

madame Legouvé , elle doit son malheureux état à l'incendie de l'Opéra,
elle a été ramassée dans les débris en-
ffammés, son visage n'a pas été dé-
figuré , mais ses organes ont été in-
curablement altérés , elle n'a qu'un
souvenir confus de ce qui lui est arrivé, mais sa mémoire ne lui fournit
aucune notion solide sur ce qu'elle
a été, ni ce qu'elle devrait étre, dans
les courts intervalles lucides qu'elle
a quelquefois , elle prononce plusieurs noms, elle pleure , et paraît
profondément affectée d'un état dont
elle reconnaît le malheur.

Chaque mot de la religieuse perçait le cœur d'Angelina ; le souvenir d'un évènement auquel cette
femme devait son infortune , et qui
était aussi devenu la cause de la

sienne, renouvellait tous ses chagrins: par un mouvement indépen-
dant de sa raison, elle courut dans
les bras de la folle, et baigna son
visage des pleurs de la compassion.

Douce créature ! dit la malade,
en lui rendant ses caresses, vous
ressemblez à mon enfant! votre enfant ! — Oui ; mais quelle idée :
la pauvre petite, ils l'ont brûlée !
— Brûlée ! répèta-t-elle avec un
soupir..... Il se fit un court silence ; la folle l'interrompit, en
s'écriant, au feu !... au feu !....
et elle serrait Angelina sur son sein :
vois-tu, dit-elle, avec effroi,
comme les poutres s'enflamment,
les loges s'écroulent, nous sommes
perdues.

Un évanouissement profond suc-

céda à cette crise ; mais elle se te-
nait toujours après la jeune anglaise,
ses amies voulaient l'arracher de ce
séjour de désespoir et de douleur :
pour rien au monde , s'écria-t-elle ,
je n'abandonnerai cette malheureuse;
j'ai des soupçons que je veux éclaircir.
Ne trouves tu pas, Sally, ajouta-t-elle,
que cette femme ressemble à mistriss O'Flanagand.

Elle répète souvent ce nom singulier, dit une fille qui se trouvait là.

O mon Dieu ! s'écria Angelina,
hors d'elle-même , serait-il donc
possible que je retrouvasse la bienfaitrice dont j'ai long-tems pleuré
la perte. Perfide O'Rrahly ; ajoua-t-
elle , tu auras fait sans examen in-
humer le premier cadavre , afin d'entrer en possession des biens de ta
cousine !

cousine. Tu as rempli tes vues cri-
minelles , moi je remplirai mon devoir. Madame, dit-elle à la religieuse,
souffrez que j'attende ici un instant de
raison , si elle peut me reconnaître ;
c'est bien elle que je regrette , alors
je la prends avec moi ; dans le sein
de l'amitié et de la reconnaissance ,
tout espoir pour sa guérison ne sera
pas perdu.

Madame Legouvé donna les plus
grands éloges à l'attachement d'Angelina , et ordonna aux gardiennes
de la laisser libre d'agir auprès de la
malade , comme si elle était chez
elle ; les deux sœurs sortirent alors ,
et allèrent chez la religieuse attendre
l'issue d'une rencontre réellement
intéressante.

Tome II.   C

CHAPITRE V.

C'était bien elle.

ANGELINA prodigua pendant un quart d'heure des soins inutiles à l'infortunée qui en était l'objet, mais enfin elle ouvrit les yeux.

Après avoir porté autour d'elle des regards incertains, elle les ramena sur la jeune personne ; le plus vif étonnement se peignait dans tous ses traits ; mon enfant, dit-elle en lui prenant les mains, vous n'avez donc pas été brûlée ?

Elle me reconnaît, s'écria l'orpheline, elle est sauvée ! (elle continua)

J'ai donc été en danger? en effet, il me semble que j'ai beaucoup souffert mon Angelina, comment se fait il que je vous ai perdu de vue si long-tems, où avez vous été?

— Je vous le dirai, maman, répondit Angelina en pleurant de joie, sortons d'ici, d'abord.

— Oh oui, oui, sortons d'ici, et la bonne irlandaise, (car c'était-elle,) se leva avec effort ; et s'appuyant sur le bras de sa pupille, elles prirent ensemble le chemin de la porte.

Les gardiennes voulaient s'opposer à leur départ : je réponds d'elle, dit miss Alstertone avec feu, et Sally craignant quelque violence, courut chez madame Legouvé, qui obtint

sur-le-champ un ordre de sortie pour
mistriss O'Flanagand.

Angelina dans ce moment oubliait
ses malheurs , l'abbé et son attentat,
Saint-Valery, même , disparurent à
ses yeux ; tout entière au bonheur
de retrouver son amie , elle bénit le
ciel, et remercia mille fois madame
Martin de l'avoir conduit dans cette
maison.

La religieuse la félicita sincèrement de cet événement; elle montra
les plus grands égards à mistriss, dont
les organes encore ébranlés , ne lui
permettaient pas de soutenir une
longue conversation; pendant son
tête-à-tête avec sa sœur, elle avait
appris que la jeune personne ne vivait
que de son travail , elle prévit que
le dénuement où la convalescente se

trouvait, allait devenir pour elle un
sujet d'embarras ; elle résolut d'y
remédier, et pour ne pas offenser
la délicatesse des deux amies, elle
supposa généreusement qu'elle avait
en dépôt des vêtemens pour celles
qui venaient à guérir, et elle la revêtit de la tête aux pieds, à cette
toilette, elle ajouta une robe, et la
petite société prit congé de cette
bonne sœur, en donnant les plus
grands éloges à sa manière d'obliger.

Quoique mistriss parut avoir recouvré sa raison, elle parlait peu,
chaque objet nouveau était pour elle
un véritable sujet de surprise.

Sally était affligée de n'en pas avoir
été remarquée ; cet oubli prouvait
que l'aliénation de son esprit n'était
pas entièrement guérie, elle redou-

tait aussi pour sa maîtresse , son en-
trée dans le modeste réduit où on
allait l'introduire.

Jusqu'alors, Angelina n'avait songé
qu'au plaisir de la posséder, et de lui
rendre une partie de ses bienfaits :
une question de mistriss , éveilla ses
craintes.

O'Rahli sera bien étonnée, dit-elle
en souriant, mais pourquoi m'a-t-e le
laissée dans cet affreux sejour

— Elle ignore que vous y avez
été , dit Angelina en soupirant.

— Ah! .. m'a-t-on conservé
mon appartement?

Miss O'Rahly , dit Sally , n'est
plus ici depuis long-tems. Mistriss
pâlit , rougit successivement; je ne
comprends pas trop , dit elle enfin , comment ma cousine s'est per-

mis de quitter la France sans moi,
et de vous abandoner.

Oubliez, miss O'Rahly, dit Angelina, d'un ton carressant, ma vie
entière vous appartient, et jamais
vous n'éprouverez l'indigence.

— L'indigence ! n'ai-je donc plus
ma fortune ?

Vous pouvez encore en jouir,
dit madame Martin, que Sally avait
mis au fait ; mais il faut achever de
vous rétablir avant d'entreprendre
un voyage fatiguant.

L'irlandaise ne répondit plus,
mais elle s'abandonna à une rêverie profonde, dont ses amies
craignirent le résultat.

On arriva de la sorte chez l'orpheline ; la propreté qui régnait
dans son petit réduit, diminuait la

médiocrité de l'ameublement ; cependant mistriss parut affectée de se trouver dans ce modeste logément.

Vous demeurez ici, mon amour ?

— Oui, maman, c'est ici votre pied-à-terre jusqu'à notre départ ; vous y serez servie avec autant d'exactitude que dans votre hôtel à Dublin.

Je ne doute pas de votre zèle ; mais notre situation me paraît singulière , peut-être est-ce une suite du désordre de mes idées. Je suis très-fatiguée , ajouta-t-elle , et j'ai besoin de repos.

Ces mots furent le signal du départ de madame Martin , qui promit un surcroit d'ouvrage , et finit par engager Angelina à venir oc-

cuper un petit appartement dans
la maison de sa nièce, jeune marchande d'étoffes, très-aimable, et
sa voisine. Mon mari ne vous con-
naît pas, dit-elle, il ignorera ce
changement, et vous serez plus
près de° moi.

Miss Alsterthone remercia : son
logement par sa tranquillité, une
vue superbe, et la proximité d'un
jardin charmant paraissait préférable
à tout autre ; elle en fit l'observa-
tion, et assura de sa reconnaissance
celle qui voulait l'obliger.

CHAPITRE VI.

Les méchans ne dorment pas.

Saint-Valeri n'avait pas oublié
la charmante orpheline, toujours plus
étonné du singulier caprice qui l'a-
vait fait exclure, et desirant ardem-
ment connaître les motifs du changement de madame de Valville il avait
continué d'entretenir des relations à
Gennevilliers ; le silence d'Angelina
l'affligeait, madame de Neuville lui
apprit qu'elle agissait de même avec
elle, depuis la maladie de sa bienfaitrice, elle lui communiqua égale-
ment les deux lettres dans lesquelles
l'abbé de l'Ormeuil inculpait sa pu-

pille , celle d'Angelina lui fut lue
aussi , le chevalier comprit qu'elle
était malheureuse , il soupçonna une
trahison , engagea Olimpe à ne pas
juger son amie sur de fausses apparences , et ne pouvant se faire écouter de la mère , il la recommanda à
la fille, et emporta la promesse qu'aux
premières nouvelles qu'on aurait de
l'orpheline , on les lui communique-
rait.

Cette espérance vague ayant peu
de pouvoir sur son esprit inquiet ;
il résolut de voir Christine : elle lui
apprit la visite d'un beau jeune
homme , qui lui avait annoncé que
la chère demoiselle était malheureuse , j'aurais bien desiré , ajouta la
bonne femme qu'elle voulut partager
ma chaumière , mais l'offre que j'ai

fait à celui qu'elle m'a envoyé, ne
lui aura pas été agréable, car elle
n'y a pas répondu.

Pendant le discours de Christine,
Saint-Valery avait changé dix fois de
couleur ; il est donc bien vrai,
s'écria-t-il hors de lui, qu'Angelina
n'a pas fui seule la maison de son
tuteur.

Que voulez-vous dire ? monsieur,
dit Christine un peu émue.

Saint-Valery vit bien qu'il en
avait trop dit, et craignant qu'un
mystère déplacé, ne fit plus de tort
à la jeune personne, qu'un aveu entier, il confia à la paysanne les bruits
désavantageux que l'abbé avait répandu sur le compte de sa bienfaitrice.

C'est un misérable, dit Christine
avec

avec feu, mademoiselle Angelina est
vertueuse, j'en suis sûre, mais l'abbé,
hum ! il l'aura trouvé trop aimable
et trop sage : la bonne madame de
Valville le croyait un ange ; il n'est
qu'un homme : c'est tout ce que je
puis dire. Christine n'était pas payée
pour croire à la vertu de l'abbé. Il
avait fait à une de ses cousines, des
propositions déshonnorantes, et elle
en conservait le souvenir.

Le soin que cette femme prenait
de défendre la jeune Anglaise,
les détails qu'elle donna au chevalier
contre l'Ormeuil, furent un baume
efficace pour son cœur ulcéré. Il es-
péra que celle qu'il adorait, était
toujours digne de lui, et il résolut
de ne rien négliger pour découvrir
ses traces.

Tome II.   **D**

Son service l'appelait à Versailles, il fut forcé d'ajourner ses recherches, et pour ne négliger ancune précaution, il chargea Christine de faire suivre le messager d'Angelina, si par hasard il revenait, et de lui apprendre de suite ce qu'elle aurait découvert.

La bonne femme le promit avec joie, mais le *beau jeune* homme reviendrait-il? cela était bien scabreux, Christine s'en flatta, le chevalier le crut aisément et ils se séparèrent fort contens l'un de l'autre.

Pour se distraire un peu du chagrin que le départ de sa pupille lui avait causé, l'abbé avait donné ses soins à une autre, et voulant lui faire un présent, le hasard le conduisit chez le marchand pour lequel Angelina travaillait; Sally sortait du

magasin au moment où il y entrait
elle pâlit en le voyant ; lui trop
fin pour se trahir, feignit de ne pas
la voir, mais il chargea son laquais
de la suivre exactement, et de s'in-
former d'elle, où elle s'arrêterait ;
tranquille à cet égard, il s'adressa à
madame Martin. Connaissez-vous,
lui dit-il, cette fille qui vous quitte
à l'instant ?

— Oui, monsieur. Vraiment, ajouta
le marchand, c'est une de nos ouvrières, elle demeure avec une autre
que je croyais un phénix au soin
qu'elle prend de se cacher, mais mon
erreur était bien grande, elle est horriblement laide.

— L'abbé ne put retenir un geste
de surprise ; laide, répéta-t-il deux
ou trois fois, ce n'est donc pas Angelina.

D 2

MadameMartin riait intérieurement de l'erreur de ces messieurs, se doutant que l'abbé était un amant rebuté, elle ne voulut pas satisfaire son indiscrette curiosité; elle répondit vaguement à toutes les questions qu'il pût faire, et il se retira après avoir jetté quelques mots peu avantageux sur le compte de notre héroïne; il remonta en voiture, bien résolu à la remettre en son pouvoir à quelque prix que ce fut.

Le laquais de l'Ormeuil revint rendre compte à son maître de la demeure d'Angelina; il avait pris des informations, et on lui avait dit que Sally demeurait avec une autre demoiselle et une dame valétudinaire; que les jeunes personnes travaillaient pour la plus âgée, et que

deux ouvrières bien payées, et cons-
tamment occupées, faisaient l'éloge
de la tenue de cette maison.

Ce n'était pas là le compte de
l'abbé ; il aurait voulu la savoir
pauvre. Abandonnée à elle-même,
peut-être l'isolement et la détresse
l'auraient-ils disposée à se laisser séduire, alors il aurait paru : du moment où elle pouvait se suffire à
elle - même , il était inutile d'y
songer.

Il voulait pourtant s'emparer d'elle,
et la rendre dépendante de lui; il
conçut cent projets différens , peut-
être quelques-uns lui auraient-ils
réussis , mais le ciel en avait autrement ordonné.

D 3

CHAPITRE VII.

Les soins de la reconnaissance.

DE jour en jour l'état de mistriss O'Flanagand devenait plus satisfaisant ; son cerveau était rafraîchi par des moyens doux, son caractère se remontrait peu-à-peu tel qu'il était avant son malheur, et sa fille adoptive ivre de joie d'avoir rempli son devoir envers elle, oubliait le désagrément de sa situation, et les fatigues d'un travail que l'augmentation de la dépense rendait nécessaire.

En recouvrant sa raison, mitriss

O'Flanagand retrouvait sa mémoire ; elle reconnut Sally, et elle en vint à se rappeler l'affreuse catastrophe qui l'avait privée de ses facultés morales; elle pleura amèrement, et dans le secret ; mais enfin elle résolut de pénétrer le mystère dont elle était entourée.

Pour y réussir, il fallait montrer de la fermeté ; elle s'arma de courage, fit voir à ses deux compagnes qu'elle connaissait la maladie dont elle réchappait, et pria Angelina de lui conter son histoire depuis le moment funeste de leur séparation.

La jeune anglaise craignait le résultat de son récit ; soyez tranquille, mon enfant, lui dit sa bienfaitrice, je devine à-peu-près l'ensemble de ce qui me regarde ; mais j'attends

des détails, je sens qu'ils ne pourront m'affliger que faiblement.

Angelina vaincue par ses instances,
fit le récit que nous avons mis sous
les yeux du lecteur; les périls
qu'elle avait couru, le malheur qui
lui enlevait la fortune que la bassesse d'O'Rhaly n'avait pu lui ravir,
arrachèrent des pleurs à la bonne
mistriss; j'avais prévu, dit elle en soupirant, que j'étais morte pour tout le
monde, j'existe pour aimer ma fille
chérie, et je n'ai pas perdu l'espoir
de recueillir en Irlande de quoi ré-
compenser son affection pour moi.

Angelina enchantée du courage
avec lequel sa tendre amie surmon-
tait son infortune, se jetta dans ses
bras, leurs larmes se confondirent,
et mistriss en apprenant que le legs

de Sally servait à son soulagement ;
jura que si jamais elle jouissait d'un
meilleur sort , toute distinction serait
bannie entr'elles.

Malgré les dépenses que le traite-
ment de mistriss O'Flanagand avait
exigé , il restait encore dans la caisse
commune une somme honnête ; Angelina conçut le projet de faire passer à sa protectrice quelques semaines à la campagne ; elle pensa
à Christine , dont la chaumière assez
spacieuse pouvait recevoir une étrangère ; Sally fut destinée à accompagner sa maîtresse.

On eut beaucoup de peine à faire
entrer mistriss dans ce plan de dis-
traction ; à peine ai-je revu mon enfant, disait-elle , et vous voulez m'en
séparer ; la crainte d'affliger sa jeune

amie par un refus, fut seule capable
de la décider : on convint que la
suivante reprendrait les habits
masculins qui la rendaient méconnaissable, et qu'elle irait prendre des
arrangemens avec Christine, pour le
séjour de mistriss, qui passerait
pour sa mère.

Sally fit donc le voyage d'Anieres,
Christine la reconnut, non pour elle
même, mais pour le beau garçon qui
lui avait donné des nouvelles de sa
bienfaitrice ; ravie d'en avoir encore
une fois, elle se rappela les instructions de Saint-Valery, et elle endoc-
trina, le mieux qu'il lui fut possible,
sa fille aînée, pour qu'elle suivit le
jeune homme.

Sally déjeûnait pendant que Christine instruisait Françoise ; elle re-

parut bientôt, et demanda en essuyant une larme, si elle aurait
un jour le bonheur de revoir mademoiselle; non pas elle, dit le faux
messager, mais une amie qu'elle res-
pecte comme sa mère, et qu'elle
confiera à vos soins, à condition que
vous tairez les rapports qui existent
entre les deux dames; je viendrai ici
pour la servir, mais je ferai de fré-
quens voyages auprès de mademoiselle, alors elle n'aura plus que vous,
songez que c'est un précieux dépôt
que ma maîtresse ne voudrait pas
confier à une autre.

Fière de la confiance d'Angelina,
Christine assura qu'elle mettrait
tous ses soins à y répondre, et on prit
jour pour l'arrivée de la convalescente; Sally laissa de l'argent pour

les premièresdépenses,choisit la petite
pièce dans laquelle elle devait cou-
cher, et partit : ces arrangemens assurant d'un prompt retour, on re-
nonça à la suivre, et on se promit
seulement d'avertir le chevalier lorsque la dame étrangère serait installée
dans la maison.

CHAP.

CHAPITRE VIII.

Récit nécessaire.

PENDANT l'absence de Sally, et celle des ouvrières ; en raison du dimanche, les deux amies se trouvaient seules, et repassaient douloureusement les circonstances critiques dans lesquelles elles s'étaient trouvées.

Puisque nous sommes sur ce sujet, dit Angelina à son amie, dites moi, je vous prie maman, à quel heureux hasard je dus le bonheur de vous appartenir, car je n'ai pas conservé la plus légère idée de mes premières années.

Tome II.   E

— Ce récit ne sera pas gaie, mon enfant, mais vos derniers malheurs ont mûri votre raison, et vous pourrez supporter les détails dont deux ans plutôt j'aurais craíns de vous affliger ; je vais prendre mon récit de quelques années avant votre naissance Née anglaise, fille d'un ministre du comté de Keut, je vins à Londres, à la mort de mon père ; j'avais de la fortune, je ne manquai pas d'adorateurs, mon peu d'attraits les eut repoussés, trois mille pièces de revenu les attirait ; heureusement qu'élevée par un père aussi éclairé que tendre, j'étais en garde contre leurs fausses adulations. Je restai donc fille jusqu'à plus de quarante ans : à cette époque, M. O'Flanagand, irlandais estimable et riche, s'attacha sincèrement à moi ; il n'avait pour héritière que miss O'Rahly , catholique comme lui , et qu'il regardait comme sa fille : son attachement pour elle lui fermait les yeux sur ses défauts ; elle n'avait que quinze ans , mais aucun attrait ne flattait en elle ; c'était de la jeunesse , sans fraîcheur, sans agrément : son caractère répondait à sa figure ; jamais rien ne fut plus maussade ; mais enfin elle appartenait à celui que j'avais choisi , à ce titre elle me devint chère ; l'examen de certains papiers m'apprit qu'elle était ma parente, je m'y attachai d'avantage , et je résolus d'en faire un sujet ; je voulus la rendre douce et pieuse , suivant la religion de ses pères ; elle devint fausse et bigotte ; jamais il ne fut possible de corriger aucun des défauts que j'avais remarqué en elle, et la crainte d'affliger mon époux m'engagea à les supporter.

Le peu d'agrémens que je trouvais dans la société de ma pupille m'engageait souvent à m'en éloigner ; je fréquentais quelques maisons, où une société honnête et peu nombreuse me dédommageait de l'ennui inséparable de mon existence habituelle : je fis dans un de mes cercles habitués, la connaissance d'une veuve respectable et peu fortunée, nommée mistriss Serwill ; elle n'avait qu'une fille, et les qualités précieuses de la jeune personne m'attachèrent tendrement à elle ; sa gaieté dans les premiers tems de notre liaison paraissait inal-

térable ; plus' âgée de six ans que
Sara O'Rahly, je voulus la proposer
pour modèle à cette dernière ; mais
mon époux dont la partialité pour sa
parente augmentait chaque jour ,
reçut mal la proposition que je fis
d'amener à la campagne la jolie Angelina ; Sara n'est pas belle , me
dit-il , je ne veux pas lui causer la
mortification de se voir chaque jour
en parallèle avec une personne
dont les attraits seront pour elle le
sujet continuel de comparaisons hu-
miliantes ; n'osant résister , je me
tus , et j'allai passer l'automne
en Irlande avec le double désagrément d'être privée de ma jeune
amie , et de me trouver en tiers
avec Sara, et mon mari dont l'humeur depuis quelque tems ne me paraissait plus la même.   E 5

L'hiver me ramèna à Londres,
et je revis miss Serwill ; mais dans
quel état, mon Dieu ! Sa pâleur et
sa tristesse m'épouvantèrent aux
questions que je lui fis en présence
de sa mère ; elle répondit d'un ton
laconique ; mais je crus voir dans
ses regards que j'en apprendrais davantage dans un entretien particulier,
et profitant d'une partie que M.
O'Flanagand devait faire le lendemain, je fis demander sa compagnie pour toute la journée.

J'obtins aisément cette faveur, et
j'envoyai le lendemain ma voiture
pour la transporter chez moi.

Après un déjeûner auquel elle prit
peu de part, je m'enfermai avec
elle, et je me disposais à l'interroger
sur les causes du changement que je

remarquais en elle , lorsqu'elle me
prévint , en me demandant si la
confidence humiliante qu'elle avait
à me faire, n'exciterait pas en moi
le mépris le plus profond à la place
de l'amitié dont je l'avais honorée
jusqu'alors.

Cette question me fit deviner une
partie de la vérité ; j'appris que l'im-
prudente Angelina éprise des qualités et de la figure séduisante d'un
lord , avait consenti à s'unir à lui
à l'insu de leurs parens respectifs :
un petit voyage de mistriss Serwill ,
avait favorisé cette faute et ses suites
inévitables ; elle était enceinte de
trois mois ; mais l'ingrat auquel elle
avait tout sacrifié , venait de passer
en France , après lui avoir fait dire
qu'elle l'obligerait en oubliant leur

commune étourderie ; elle lui avait
écrit pour lui annoncer son état ;
mais sa lettre était revenue sans avoir
été ouverte.

Jugez, continua l'infortunée en
versant un torrent de larmes, de ma
situation, c'est moins ma tendresse
pour un être corrompu qui cause
mon désespoir, que l'horreur de mon
sort ; à dix-neuf ans déshonnorée,
perdue pour toujours aux yeux du
monde, si ma faute est connue, et
aux miens, si elle reste secrette,
mais ce n'est pas encore là le point
le plus cruel ; que deviendra ma tendre mère, quand elle connaîtra son
malheur, n'en doutez pas madame,
elle ne survivra pas à la honte de
sa fille.

Je vous avoue, mon enfant, que

je m'attendais pas à un aveu de ce
genre , j'avais bien soupçonné qu'un
amour malheureux causait les peines
de miss Servill , mais en apprenant
que son imprudence avait été portée
au plus haut point , je restai anéantie.

Malheureuse enfant , m'écriai-je,
qu'avez-vous fait ? Je sens , me dit-
elle , toute l'étendue de ma faute ,
mais elle est sans remède ; aidez-
moi , de grace , à la cacher et à
mourir.

Sa profonde affliction me toucha
plus que sa folie ne m'avait irritée ,
je mêlai mes larmes aux siennes , et
l'engageant à modérer sa douleur , je
lui promis , sans hésiter , toute l'as-
sistance qu'elle pouvait attendre de
mon amitié pour elle.

Cette assurance la consola un peu,

je lui donnai tous les conseils que je
crus nécessaires pour qu'elle put dé-
rober aux observations de sa mère
et de sa femme-de-chambre, la connaissance de ce fatal secret, et je lui
promis que je saurais la soustraire à
tous les yeux, au moment de sa délivrance.

Evitant dès lors des reproches inutiles, je m'occupais à la distraire, et
j'évitai soigneusement de la laisser à
elle-même, mais ses soins ne purent
effacer l'impression douloureuse que
son infortune avait laissé dans son
âme trop sensible, et le dépérisse-
ment progressif de ses forces, me fit
craindre un instant si pénible pour
notre sexe, surtout en Angleterre.

Ce moment tant redouté par elle,
et plus encore par moi, peut-être,

arriva pourtant, elle fut prise des premières douleurs chez moi, en sortant de table, mon mari venait de me quitter, Sara était depuis un mois dans une pension catholique, pour sa première communion ; je n'avais auprès de moi que la mère de Sally, je connaissais sa discrétion, je me confiai à elle, et elle se chargea d'éloigner, sous divers prétextes, les autres domestiques, et alla elle-même chercher mon chirurgien, dont j'achetai la discrétion, par un présent de cinquante guinées.

La faiblesse de la malade, accéléra sa délivrance, et je vous reçus dans mes bras ; votre malheureuse mère était sans connaissance, et je craignis que la sienne, qui n'avait jamais eu le plus léger soupçon sur l'état de sa fille, n'apprit sa mort avant que j'eusse trouvé un nom à la maladie supposée, dont il fallait l'instruire.

Je fis part de ce surcroît d'embarras au docteur Shmith, il m'assura que l'accouchée ne courait aucun danger dans ce moment, et lui ayant prodigué tous ses soins, il lui recommanda d'éloigner soigneusement toute réflexion affligeante, je joignis mes carresses aux exhortations du médecin et j'eus la consolation de la voir un peu plus calme.

La fidèle Honora vous ayant enveloppée, vous porta dans James Street, chez une de ses sœurs, et cette dernière partit pour Windror, où vous fûtes confiée à une nourice.

Honora avait écarté soigneusement tous

tous les indices de ce qui s'é tait passé
je fis dire à mistriss Serwill que sa
fille s'étant trouvé incommodée , je
l'avais fait mettre au lit; je dis la
même chose à m on époux, lorsqu'il
rentra pour souper, et quoiqu'il n'ai-
mât pas ma jeune amie, l'estime qu'il
avait pour moi , l'empêcha de porter
plus loin ses soupçons.

Mistriss Serwill rentra si tard ,
qu'elle n'osa pas venir chez moi le
même soir ; je vous avoue que je
n'en fut pas fâchée , une nuit d'in-
tervalle pouvant augmenter les forces
de votre mère, je pensai beaucoup
mieux d'une entrevue toujours pénible malgré l'ignorance où la sienne
était de sa faute.

Il était à peine jour lorsque cette
malheureuse mère, se présenta à moi

Tome II. F

je me troublai en la voyant, comme
si j'eusse été coupable, et mon émotion fut si visible, que jugeant sa fille
en danger, elle s'évanouit aussitôt.

Les soins que son état exigeait,
faisant diversion aux impressions
dont j'étais agitée, je pris assez
sur moi-même pour répondre à ses
premières questions, et l'accou-
cheur ayant confirmé mon récit
par le sien, elle parut plus tranquille, et passa chez la malade,
qu'Honora avait préparé à cette
visite.

Leur entrevue se passa plus tran-
quillement que je ne l'espérais, mais
mistriss Servill ayant parlé de faire
transporter sa fille chezelle, la frayeur
de celle-ci fut si grande, qu'il lui
prit une faiblesse, Smith déclara

qu'elle ne pouvait être changée de
situation, sans danger ; alors mistriss
acheva de nous déconcerter, en assurant que dès cet instant, elle allait s'établir auprès du lit d'Angelina.

Cette dernière résolution devait
nécessairement éventer notre secret ; mais hélas ! nous n'eûmes
pas le tems de nous livrer à nos
craintes ; les mesures de la mère ,
pour le soulagement de la fille , pro-
duisant un effet tout contraire à celui qu'elle en attendait , le trouble
de l'infortunée lui causa une révo-
lution funeste ; et le soir du même
jour, après m'avoir recommandé en
secret son malheureux enfant, et fait
à sa mère les plus touchans adieux ,
elle expira, emportant avec elle le

funeste secret, auquel son honneur
était attaché ; je l'ai gardé d'autant
plus facilement jusqu'à ce jour , que
n'ayant aucun titre pour faire valoir les droits de votre mère , et les
vôtres , le révéler eût été un éclat
inutile , peut-être même dange-
reux pour vous : je me contentai
de vous faire baptiser sous le nom
d'Angelina Alsthertone ; en vous
nommant comme votre père , je lais-
sais à la Providence le soin de vous
faire reconnaître de l'auteur de vos
jours , quand vous seriez en état de
l'intéresser par vos grâces ou vos
vertus.

Désormais vous étiez dépendante
de moi seule , et les clauses de mon
contrat de mariage,ne me permettant
pas de déshériter miss O'Rahly , je

commençai dès-lors à économiser sur mes dépenses particulières, afin d'assurer votre sort, pour l'instant où je ne serais plus.

Trois ans se passèrent sans que j'osasse m'occuper de vous, d'une façon directe : Honora était chargée de fournir à votre entretien, et j'évitais soigneusement de visiter votre nourrice : je devais compte de mes actions à M. O'Flanagand, et ne voulant pas lui confier un secret qui ne m'appartenait pas, j'aimais mieux me priver du plaisir de vous voir, que de rendre ma conduite suspecte à mon époux.

Une mort presque subite me l'enleva, comme vous entriez dans votre quatrième année, malgré les désagrémens que son aveugle tendresse

F 5

pour Sara, m'avait souvent causé,
je le pleurai sincèrement, je fis plus;
il m'avait demandé comme une grace
de garder sa parente avec moi, je
m'y engageai solemnellement,
toutes les bisarreries de cette fille,
n'ont pu me décider à violer ma
promesse.

Je ne vous entretiendrai pas de
vos premières années, toutes celles
que je passai avec vous : me firent
aimer la vie; le desir de perfectionner votre éducation, m'amena en
France, vous savez le reste jusqu'à
l'instant cruel où nous fûmes sé-
parées, je ne pourrais donner aucun
détail sur l'affreux évènement qui a
causé nos malheurs, au moment où
la chûte du plancher de notre loge
vous déroba à mes yeux. Je perdis

toute connaissance, et je n'ai qu'un
souvenir confus de ce que j'ai souffert pendant ma cruelle maladie :
j'ai en quelque sorte cessé d'exis-
ter ; il vous était réservé de me tirer de cet état funeste : j'ai recouvré
ma raison , et avec elle le regret de
me trouver incapable de faire pour
vous ce que j'aurais desiré.

Angelina dont les pleurs et les caresses avaient souvent interrompu
ce récit , se jetta dans les bras de
sa mère adoptive aussitôt qu'elle
l'eut achevé. Remerciez le ciel , lui
dit-elle , de l'état de détresse qui
m'a conduit par degrés à l'heureuse
rencontre qui vous rend à ma tendresse : sans les odieux procédés de
l'abbé de l'Ormeuil , je ne vous
eusse jamais retrouvé ; tout affreux

que soit mon sort, je le bénis, puisqu'il me donne la satisfaction de
vous prouver ma reconnaissance.

Ici le souvenir de l'attentat de
l'abbé redoubla son chagrin, et les
signes de sa douleur devinrent si
expressifs que mistriss O'Flanagand
se crut obligée de l'interroger sur la
cause d'un désespoir qui paraissait
étranger à la perte de sa fortune :
après bien des questions inutiles,
elle parvint à en tirer l'humiliant aveu
de son déshonneur.

Ne vous affligez pas, mon enfant,
lui dit la bonne mistriss, la honte
ne consiste que dans le crime, et
vous êtes parfaitement innocente.

Angelina, en racontant ses aven-
tures à son amie, lui avait avoué
son amour pour Saint-Valery ; vous

oubliez, maman, s'écria-t-elle, que
je ne suis plus digne de la main de
celui que j'aime : si jamais il me retrouvait, et qu'il fût assez généreux
pour m'épouser sans fortune, à combien de reproches ne m'exposerai je
pas pour l'avoir bassement trompé.

En gémissant de son malheur, mistriss O'Flanagand ne pouvait qu'ap-
plaudir à sa délicatesse ; elle essaya
de la consoler, et elle l'engagea à
oublier Saint - Valery ; l'excellente
femme ne connaissait pas l'amour, et
croyait cette victoire facile ; Angelina pensait tout autrement : néanmoins pour ne pas affliger sa mère
adoptive, elle dissimula, et celle-ci
se flatta que sa jeune élève recou-
vrerait tôt ou tard sa première tranquillité.

CHAPITRE IX.

L'indiscrétion de l'amitié.

CHRISTINE ravie de pouvoir remplir sa promesse envers Saint-Valery, que son amour pour Angelina lui rendait cher, envoya chez le marquis d'Omerval, pour savoir son adresse, qu'elle avait à peu près perdu.

On apprit à sa fille, chargée de ce message, que le jeune homme était attendu le même jour, et en effet, son arrivée confirma l'espoir de ceux qui desiraient sa visite.

La petite n'était pas encore sortie du château lorsqu'il entra, elle

lui expliqua le sujet de sa mission;
et sans faire attention à l'ami qu'il
venait voir, il la suivit chez sa mère.

Eh bien, monsieur, cria cette dernière, quand elle le vit; le beau
jeune homme est revenu.

Un geste d'humeur manifesta la
contrariété qu'éprouvait Saint-Valery.

— Calmez-vous Monsieur, il
n'est pas ce que vous pensez, ce n'est
qu'un domestique, ou du moins un
homme bien au-dessous de mademoiselle, il va amener ici une vieille dame
un peu malade; à laquelle la jeune
demoiselle s'intéresse, ainsi vous
pourrez lier connaissance avec elle
et vous rapprocher de mademoiselle.

Saint-Valery était au comble de la
joie, il ne doutait pas, en effet, que

l'époque à laquelle il pourrait gagner
la confiance de l'amie de son amante
ne fut celle de son bonheur, il se
décida à rester dans le village jusqu'après l'arrivée de la dame, et
profitant de la liberté dont on jouit à
la campagne, il résolut de lui rendre promptement visite.

Mistriss O'Flanagand après de
tendres adieux, et la convention
expresse de ne rester que six semaines
éloigné de sa pupille, arriva à Anieres
avec Sally, toujours méconnaissable
aux yeux de la bonne Christine,
qui n'aurait jamais deviné une femme sous des habits masculins.

Saint-Valery fut bientôt averti de
l'arrivée de mistriss, saisissant le
premier prétexte, il accourut à la
chaumière ; Sally qui se trouvait
dans

dans la cuisine, fit un cri de surprise en le voyant entrer, il la
reconnut aussitôt; néanmoins il n'en
fit rien paraître devant les enfans de
Christine, et il les éloigna.

Sally voulait sortir, il l'arrêta
brusquement.

Je comprends à merveille, lui dit-
il, que vous avez des raisons pour
vous travestir ainsi, et je serais au
désespoir de divulguer votre secret.
Mais au nom du ciel, donnez-moi
des nouvelles de celle que je chéris,
et expliquez-moi les motifs de ses
procédés envers moi?

La jeune anglaise ignorait, comme
sa maîtresse, l'histoire de la femme
de Viroflai, et elle apprit au chevalier qu'Angelina avait gémi de leur
séparation, qu'après la mort de ma-

dame de Valville ayant trouvé les lettres qu'elle lui avait écrites. Elle avait fait part à mademoiselle de Neuville des dispositions où elle était en sa faveur ; mais que toutes les lettres dans lesquelles elle parlait de lui , étant demeurées sans réponse , elle avait cru devoir garder le même silence,

Il n'en faut pas douter , s'écria Saint-Valeri , nous sommes tous deux victimes d'une trame dont il ne faut accuser que l'Abbé : jamais ajouta-t-il , Olimpe n'a reçu de son amie aucune lettre où il fût question de notre amour ; elle en a au contraire parlé plusieurs fois sans succès.

Sally , charmée de réunir sa maîtresse à celui qu'elle aimait , lui conta rapidement ce qu'elle savait

des premières années de miss Alsthertone , comment elle avait connu
madame de Valville , la petite fortune dont elle jouissait , et que la
banqueroute du protégé de l'Abbé
lui avait fait perdre , l'amour de
l'Ormeuil pour l'orpheline ne fut
pas non plus oublié , et si un motif
de pudeur n'eût retenu Sally , les
causes de leur fuite de l'hôtel de Valville , eussent été mentionnées dans
le plus grand détail. Elle ajouta la
rencontre de mistriss dans la maison des folles, et lui annonça que
cette dame était la même qu'elle
amenait à la campagne.

Saint-Valery frappa du pied , il
allait sans doute laisser échapper
quelques injures contre l'Abbé , il
se retint , et après un moment de

silence , pendant lequel l'altération
de ses traits prouvait assez ce qu'il
souffrait pour se taire , il demanda
à Sally s'il était possible de voir mistriss O'Flanagand.

La femme-de-chambre ne demandait pas mieux ; elle voulut seulement
prévenir sa maîtresse , et remit au
lendemain une entrevue qu'elle desirait sincèrement.

L'amoureux St.-Valery fut obligé
d'attendre malgré lui, Sally suivant
sa promesse, fit part à mistriss de la
visite du chevalier , et lui exprima
l'intention où il était de la renouvel-
ler le jour suivant : la veuve promit
de le recevoir, et chercha à rappeler ses idées qui étaient encore souvent incohérentes pour soutenir l'entretien d'une manière avantageuse.

CHAPITRE X.

Où la délicatesse d'un amant est
mise à une rude épreuve.

L'AMANT de *son enfant* ne pouvait qu'être reçu à bras ouverts par
la bonne mistriss , aussi fut - elle
aussi familière avec lui dès le premier instant qu'au bout d'un an de
connaissance.

Il lui expliqua sans détour les motifs de sa visite, fit valoir la constance
de son amour , et assura que les malheurs d'Angelina la lui rendant plus
chère encore , il l'épouserait sans
dot , et se trouverait trop heureux

de réparer les injustices du sort.

Une proposition aussi avantageuse pour la jeune anglaise devait exciter dans l'âme de mistriss O'Flanagand un vif sentiment de reconnaissance ; aussi les signes de la sienne ne furent-ils pas équivoques ; mais la plus réelle devait ajouter à celle du chevalier, et des larmes amères accompagnèrent ses remerciemens.

Vous ne connaissez pas, monsieur, s'écria-t-elle, toute l'étendue du malheur de cette chère fille, et profitant du privilège que son âge lui donnait, elle instruisit Saint-Valery des obstacles que la dépravation de l'abbé avait élevé entre lui et l'amie de son cœur ; elle vous aime tendrement, ajouta-t-elle, je ne crains pas de vous en assurer.

ainsi , jugez ce qu'elle souffrira
quand elle saura ce que votre amour
pour elle vous a suggéré en sa faveur.

Pendant le discours de mistriss, le
chevalier paraissait plongé dans
une profonde rêverie ; il changea
bientôt de place , et se prome-
nant à grands pas dans la chambre,
le mouvement convulsif de ses lèvres,
et le changement successif de son
teint , qui passait subitement d'une
pâleur mortelle au plus vif coloris,
firent croire à l'amie d'Angelina, qu'il
était combattu par des impressions
opposées. Elle n'en fut pas éclaircie
pour l'instant : après une demie heure
de cette fatiguante pantomime , le
chevalier prit un siége et s'aprocha
de mistriss O'Flanagand.

Vous ne pouvez douter, lui dit-il,
que ce que je viens d'apprendre ne
me cause un chagrin bien vif, je sens
cependant combien il m'en coûterait
pour renoncer à l'espoir de posséder
Angelina, et toute l'injustice qu'il
y aurait à la punir d'un attentat qui
a dû combler la mesure de ses maux,
je ne vois qu'un moyen d'accorder
les divers sentimens dont je suis
agité, et d'effacer la tâche dont sa
gloire est souillée; je ne puis dans
dans ce moment vous communiquer
mon dessein, vous en apprendrez
le succès par moi ou par un émis-
saire fidèle. Adieu madame, ajouta-
t-il en se levant, veuillez assurer miss
Alstherione, que mon respect et mon
amour pour elle ne finiront qu'avec
ma vie. Il sortit en achevant ces mots
et laissa mistriss O'Flanagand désolée

que l'honneur défendit à deux cœurs
si bien nés l'un pour l'autre, de s'engager par un heureux himen.

Pendant qu'elle déplorait à loisir
le malheur de sa pupille, le pauvre
Saint-Valery retournait au château
dans l'intention de s'éloigner sans
prendre congé du marquis; à peine
y était-il qu'il apperçut dans la cour,
un valet de l'Ormeuil.

Il l'appella d'une voix altérée.

— Où est ton maître ?

— Ici, monsieur, il arrive à l'instant.

— Dieu soit loué! s'écria Saint-
Valery avec un transport dont il ne
fut pas le maître, je n'essuyerai pas
de retard; et il partit comme un
trait, laissant ceux qui l'entouraient
étonnés de cette exclamation, et plus
encore de son départ précipité.

CHAPITRE XI.

Confusion d'un scélérat.

LE trajet que le chevalier avait à parcourir pour arriver chez l'abbé, était
trop court pour qu'il eût eu le tems
de modérer ses transports ; il entra
dans la maison, et parvint, sans s'arrêter ni sans se faire annoncer, jusqu'au cabinet où le misérable s'était
retiré en arrivant.

Un sentiment de terreur involontaire s'empara de lui, en voyant entrer son rival. Il se leva, et balbutia
quelques mots insignifians, que le
chevalier n'écouta guère.

Aprêtez-vous à me suivre, lui dit-il, l'habit dont vous êtes revêtu et que vous déshonnorez, ne saurait vous soustraire à ma juste vengeance, il faut que votre sang efface la honte dont vous l'avez couvert ; ou que ma mort éteigne le sentiment de mon malheur.

Je ne sais, dit le tremblant l'Ormenil, quelle fureur vous aveugle et vous égare, mais elle ne doit pas vous faire oublier que mon état et la religion me défendent de répondre à cette provocation.

La religion ! scélérat ! s'écria le chevalier, est-ce elle qui t'a suggéré d'employer la violence pour deshonnorer une jeune personne confiée à tes soins, et qui te considérait comme l'appui de sa faiblesse

et le protecteur de son innocence :
(l'abbé changea de couleur.)Tu vois,
continua Saint-Valery, que ton crime
est connu, il serait inutile de le nier;
il faut que la mort d'un de nous
expie l'outrage qu'a reçue mon amie,
je te laisse le choix des armes , aussi
bien que celui du lieu où nous de-
vrons vuider notre querelle.

L'abbé craignait que les clameurs
du chevalier ne le démasquassent
aux yeux des habitans du village,
son orgueil l'emporta sur la peur;
il quitta son manteau , prit un habit
brun, sortit d'un secrétaire une paire
de pistolets, qu'il chargea devant son
adversaire, et sortit avec le chevalier,
que la colère suffoquait.

Ils traversèrent le village , et pas-
sant un bras de rivière qui sépare
Gennevilliers

Gennevilliers de la petite île Saint-Denis, ils se trouvèrent bientôt à portée de vuider leur querelle.

Saint-Valery attendit à peine que le batelier se fut éloigné, pour crier à l'abbé de se mettre en défense ; et il s'éloigna lui-même de dix pas.

En vérité, disait le tremblant l'Ormeuil, je sens que je commets une faute bien grave, j'encoure les censures ecclésiastiques, dont les canons défendent à un prêtre l'usage des armes à feu.

Vil scélérat ! dit le chevalier, avec un sourire amer, as-tu crains d'encourir aucun blâme en arrachant l'honneur à un ange de vertu que tout te faisait un devoir essentiel de respecter ?

Tome II.   **H**

L'abbé allait répondre ; mais notre amant furieux ne voulant pas
l'écouter plus long-tems, lui signifia
de nouveau d'ajuster son coup ,
ou qu'il allait tirer le sien.

Le desir de sauver son abomina-
ble existence décida l'Ormeuil à
tirer ; il le fit, mais si maladroite-
ment que la balle passa au-dessus
de la tête de son adversaire. Celui-
ci plus hab le atteignit l'abbé à la
poitrine , et le renversa baigné dans
son sang. Je vais vous envoyer du
secours , lui dit-il froidement ; il
n'avait pas fait vingt pas , qu'il apperçut le valet - de - chambre de
l'abbé, qu'une juste inquiétude avait
amené sur les pas de son maître :
aidé du batelier qui l'avait passé , il
transporta le blessé dans la nacelle,

et de suite chez lui, où il arriva sans
connaissance.

La crainte d'être arrêté, avait
obligé Saint-Valery à abandonner
son adversaire sur le bord du ri-
vage ; il prit un chemin détourné,
et arriva hors d'haleine chez Christine ; mistrtriss O'Flanagand pâlit en
le voyant ; sa pâleur, le désordre
de ses cheveux, et la sueur dont il
était couvert, lui firent soupçonner
une partie de la vérité.

N'êtes-vous pas blessé ? s'écria-t-
elle.

— Non, madame, mais l'Or-
meuil expire, et Angelina est
vengée.

Mistriss leva les yeux au ciel ; l'i-
dée d'un meurtre affligeait son âme
sensible, et elle était fâchée que

H 2

Saint-Valery en fût coupable ; le
bon jeune homme n'en était pas
moins ému ; cependant il fallait songer à sa sûreté : ainsi , après avoir
promis à l'Irlandaise de lui apprendre le lieu de sa retraite , afin
qu'elle pût lui donner des nouvelles d'Angelina , il monta à cheval , et s'enfuit au galop.

CHAPITRE XII.

Le Remord.

LES soins empressés de ses gens,
et ceux du chirurgien de Colombe,
qui se trouvaient dans le village,
eurent enfin le pouvoir de rendre
à l'abbé l'usage de ses sens; il souffrait horriblement ! Cependant le
disciple d'Esculape donna quelque
espérance de le sauver, et il s'engagea après ses visites, à revenir
auprès du blessé.

Avec le sentiment de ses maux,
l'abbé avait aussi retrouvé sa mé-

E 5

nir des crimes qui causaient son malheur. Malgré l'espoir qu'on lui avait donné, il craignait sérieusement la mort, et l'idée d'un avenir auquel il n'avait jamais songé, agit si puissamment sur ses esprits épuis's, qu'il crut voir l'enfer entrouvert pour recevoir son âme coupable.

La pensée que ses tourmens futurs pourraient être affaiblis par une réparation authentique de ses torts envers l'orpheline, l'engagea d'abord à lui rendre sa réputation ; il envoya donc chercher madame de Neuville, qui de son côté ayant appris son accident, se préparait, un peu par intérêt, beaucoup par curiosité à se présenter à sa porte.

Flattée du message qui lui était

adressé, elle sortit en diligence, et
deux minutes suffirent pour la pla-
cer au chevet du lit de l'Ormeuil,
dont la pâleur mortelle l'effraya au
point qu'elle eut recours à son flacon ; l'abbé lui tendit une main dé-
faillante, et après un léger préam-
bule, il lui conta d'une voix entre-
coupée ce que nous savons déjà sur
le compte de miss Alsterthone ; il
ajouta à ce récit un aveu exact des
menées secrettes qui avaient fait le
malheur de sa vie ; il y joignit un
aveu sincère de la bassesse avec laquelle il avait intercepté *les lettres* des
deux amies. Si avant de mourir, dit-il
à madame de Neuville, je pouvais
revoir Angelina, et obtenir d'elle
mon pardon, je serais trop heureux.

Et croyez-vous qu'elle pût vous

pardonner ? s'écria madame de Neuville. La pauvre dame était pétri-
fiée d'horreur ; elle était vertueuse ,
et sa parfaite confiance aux mensonges de l'abbé venait précisément
de la candeur de son âme.

De l'Ormeuil resta interdit à l'ob-
jection qu'elle venait de lui faire ;
c'est un ange , dit-il enfin , après
un moment de silence : si vous sa-
viez, lors de mon attentat , combien
elle montra de vertu. Au moins vous
m'assurez, répétait la bonne veuve,
que votre crime n'a pas été con-
sommé.

— Oui, madame, je vous le jure,
Angelina est aussi pure qu'en sortant du sein maternel.

— Je respire , s'écria-t-elle.

Elle brûlait de connaître à fond la

nature des relations de l'abbé, avec la femme de Viroflai, et malgré la fatigue qu'un semb'able entretien devait naturellement causer au blessé, elle exigea des détails : trop faible pour parler plus long-tems, il chargea Simon de l'instruire ; et voici ce qu'il lui apprit.

« L'abbé, sous le prétexte d'une bonne œuvre, s'était introduit chez une veuve infortunée ; il savait par ses émissaires qu'elle avait une fille fort jolie; *il donna des secours à la mère,* qu'une maladie de langueur minait insensiblement, et captiva ainsi par des bienfaits intéressés la reconnaissance de celle dont il méditait la ruine.

» Cette femme succomba bientôt, l'abbé n'en fut pas fâché, et il con-

tinua après sa mort à prendre soin
de sa fille.

» Thérèse ne manquait pas d'esprit , mais elle n'avait reçu aucune
éducation , à peine savait-elle écrire ;
ravi de ne lui trouver ni vices ni
vertus , de l'Ormeuil , entreprit aussi-
tôt de la séduire ; il y réussit sans
peine , et elle devint bientôt aussi
corrompue que lui.

» Malgré sa turpitude , il voulait
passer pour honnête homme ; il résolut de cacher sa maîtresse à tous
les yeux ; il acheta donc une petite
maison à Viroflai , et il y envoya
Thérèse.

» Elle devint bientôt mère , et dans
le village elle passait pour une jeune
veuve , parente éloignée de l'abbé ,

qui , disait-on , était tuteur de l'enfant.

» Cette fable , aidée du préjugé
reçu dans les campagne en faveur des
ecclésiastiques , donna beaucoup de
poid à Thérèse , aux yeux de ses
voisins ; des dehors décents , un bon
ton , une maison tenue avec aisance,
tout favorisait cette femme et voilait
une intrigue , dont ceux même qui
la servaient , n'étaient pas confidens.

» Il y avait près de deux ans que
cette femme habitait Viroflai, elle
s'y ennuyait beaucoup, mais elle dé-
pendait de l'abbé , qui , quoique réduit à la satiété par une longue possession, en avait toujours grand soin ,
pour conserver son secret ; d'ailleurs,
elle se dédommageait secrettement
de la gêne qu'elle éprouvait , et tout
allait le mieux du monde.

» Quand l'inconstant l'Ormeuil se fut épris de la jolie pupille de sa sœur, il ourdit la trame dont nous avons commencé à dénouer le fil, et il jetta les yeux sur Thérèse pour l'aider dans cette conjoncture. Le lecteur a vu avec quelle adresse elle sut jouer son rôle. »

Madame de Neuville écoutait Simon avec un étonnement stupide; son silence fit place aux élans d'une juste indignation. Le misérable ! s'écria-t-elle, comment peut on servir un tel maître ?

Le valet-de-chambre n'avait garde de chercher à se justifier, il sentait bien que les agens des plaisirs d'un homme corrompu, sont aussi coupables que lui.

Croyez-vous, dit-elle avec feu, que

que l'abbé ajoute à ses torts celui
de faire poursuivre Saint - Valery.
Je ne le pense pas , répondit Simon ; mais s'il venait à m'en charger , je sais ce que je dois faire ;
j'ai trop de reproches à me faire
pour y joindre celui-là.

Tranquille sur ce point, madame
de Neuville revint à la hâte apprendre à sa fille ce qui s'était passé , et
la charger d'une réparation authentique envers la jeune orpheline, que
dans son opinion elle avait cruelle-
ment méprisée.

CHAPITRE XIII.

Surprise d'Olimpe. — Nouvelle connaissance.

A PEINE l'amie de notre héroïne sut-elle les détails que nous a fourni le chapitre précédent, qu'elle courut chez Christine ; elle voulait à tout prix savoir la demeure de son amie, l'aller chercher en triomphe, et la conduire chez l'abbé avant de mourir, disait-elle ; il réparera ses forfaits en assurant sa fortune.

Toute entière à cette idée, elle eut bientôt franchi l'avenue, et elle arriva chez la paysanne presque

autant en désordre que le chevalier
deux heures avant.

Sally était dans la cuisine , elle
fixa sur elle des regards incertains ;
ses habits masculins changeaient beaucoup ses traits ; néanmoins le son de
sa voix la trahit , et elle la reconnut.
Sally ici ! s'écria-t-elle. Mon enfant ,
dites-moi où est Angelina , j'ai de
bonnes nouvelles à lui apprendre.

Sally connaissait trop bien l'affection de mademoiselle de Neuville
pour sa maîtresse , pour lui faire un
mystère de sa situation présente , elle
lui conta donc tout ce qui leur était
arrivé depuis la mort de madame de
Valville , le malheur d'Angelina ,
et la honte qu'elle ressentait d'avoir
été la victime de l'abbé , (Olimpe
sourit) la rencontre de mistriss O'-

Flanagand ne fut pas oubliée. Où est-elle cette chère dame, s'écria la sensible Olimpe ? Conduisez-moi auprès d'elle, et dites-lui bien que son enfant ne lui fut pas plus chère qu'à moi.

Sally demanda le temps de prévenir mistriss. Elle revint bientôt avec l'ordre d'introduire Olimpe ; tout ce qui intéressait Angelina était précieux pour elle, et elle embrassa la jeune personne aussi cordialement que si elle l'eût connue de longue main.

Après les premiers complimens, mademoiselle Neuville fit part à mistriss des dispositions de l'abbé ; il est bien temps, dit en pleurant, la bonne dame, quand il a réduit mon enfant dans une condition pénible, et qu'il lui a ravi ce qu'elle avait de plus cher.

Désabusez-vous, madame, dit mademoiselle de Neuville, de l'aveu même du mourant, notre chère Angelina n'a rien à craindre de ce côté, son innocence l'a abusé, et des questions que vous pouvez lui faire, vous couvaincront à cet égard.

A cette assurance inattendue, Sally et sa maîtresse ne surent plus contenir leur joie. Bénie soyez-vous, dit la dernière, en embrassant Olimpe, pour cette heureuse nouvelle, je verrai donc, avant de mourir, cet ange de vertu aussi heureuse qu'elle le mérite.

Les affaires de l'orpheline prenaient une tournure trop favorable pour qu'on ne s'empressât pas de lui

en faire part. Mistriss commanda
à Sally de se préparer à partir pour
Paris, et mademoiselle Neuville envoya chercher sa mère, pour obtenir la permission d'être aussi du
voyage.

Madame de Neuville présumant
que le message de sa fille avait un but
important s'y rendit aussitôt, et ne
fut pas moins étonnée qu'elle en
retrouvant une personne dont elle
avait plusieurs fois déploré la fin
malheureuse.

Les deux dames eurent bientôt fait
connaissance, et mistriss O'Flanagand ayant sollicité l'aveu de madame de Neuville pour qu'Olimpe
accompagna Sally ; j'y consens, ré-
pondit-elle, mais néanmoins je mets
à cette faveur une condition expresse;

c'est que mistriss quittera sur-le-
champ cette chaumière, pour occuper un appartement plus digne d'elle.

Olimpe se joignit à sa mère pour
obtenir cette grace, et la bonne irlandaise, vaincue par les instances
des deux dames, promit qu'au retour
de mademoiselle de Neuville, elle
aurait changé de demeure.

Celle-ci partit donc avec Sally dans
la modeste cariole de Christine, pendant que la paysanne, désolée de
perdre ses hôtes, aidait madame de
Neuville à conduire chez elle une
commensale qu'elle était glorieuse
de posséder.

CHAPITRE XIV.

Joie bien légitime.

LE vieux cheval de la bonne vil-
lageoise allait trop lentement au gré
des deux voyageuses , Olimpe con-
sultait sa montre à tout moment , et
calculait avec impatience le chemin
qui restait à parcourir , et le tems
qui s'écoulerait jusqu'à leur arrivée.
Enfin , Sally montra de la main
les croisées de sa maîtresse , et celle-
ci attirée par le bruit de la petite
charrette , put voir descendre son
amie.

Elle éprouva une émotion si vive
en

en appercevant Olimpe , qu'elle fut
obligé de s'asseoir ; les jeunes personnes qui l'entouraient crurent
qu'elle allait s'évanouir , il n'en fut
rien. Cependant Olimpe parut , et
se jetta dans ses bras. Vous connaissez , sans doute , tous mes malheurs,
lui dit Angelina en pleurant , mais
je vois que vous aimez encore votre
pauvre orpheline.

Plus que jamais, mon amié , s'é-
cria mademoiselle de Neuville , vous
avez raison , j'ai appris combien le
sort a été injuste envers vous, mais
ce que je n'ignore pas non plus ,
c'est qu'il est las de vous persécuter,
et que désormais , vous serez aussi
heureuse,que vous avezété infortunée.

Mis s Alsthertone regardait tour-à-
tour Olimpe et Sally ; la joie la plus

Tome II. K

vive animait leurs physiomies : elle devina d'heureuses nouvelles, mais néanmoins elle n'osait les interroger. Mademoiselle de Neuville profita de son silence, pour lui apprendre les événemens heureux qui fixaient sa destinée.

Les aveux de l'abbé à son sujet, lui causèrent une joie si vive, qu'elle pensa lui devenir funeste.

Est-il bien possible, répétait-elle, que je sois encore digne de Saint-Valery ? Soyez-en certaine, mon aimable amie, lui dit Olimpe, et quand les outrages de ce monstre auraient été portés au dernier période, en eussiez-vous été moins respectable ? Gardez-vous de le croire; le chevalier lui-même, en gémissant de ce malheur, ne vous en eut pas moins chéri.

Il faut venir sur-le-champ avec moi, ajouta-t-elle, de l'Ormeuil veut sans doute réparer le tort qu'il vous a fait en manquant à ses engagemens envers sa respectable sœur : votre présence est nécessaire ; ma mère et votre amie vous attendent avec impatience; ainsi, partons sans différer.

L'impatience d'Angelina n'était pas moins vive que celle de son amie. Elle ne prit donc que le tems nécessaire pour faire un peu de toilette, et les trois voyageuses prirent ensemble la route de Gennevilliers, où elles arrivèrent sans accident.

Angelina trouva sa mère adoptive établie chez madame de Neuville ; cette dernière sortait de chez l'abbé, il demandait sa pupille à grands cris,

K 2

et assurait le chirurgien qu'il ne
prendrait de repos, que quand il
l'aurait vue.

Malgré les sermens de l'abbé rela-
tivement à la jeune anglaise, madame
de Neuville, et plus encore mistriss,
conservaient quelques inquiétudes; la
première, un peu plus femme qu'une
autre, ré solut d'éclaircir ses doutes;
en conséquence, on congédia sans
façon Olimpe et Sally, et d'après un
entretien particulier, les deux dames
furent convaincues que l'extrême innocence de l'orpheline avait seule
causé ses chagrins, et que son déshonneur était purement imaginaire. La
satisfaction d'Angelina, aux nouvelles assurances que ses amies lui
en donnèrent, ne peut être appréciée
que par les femmes réellement ver-
tueuses.

Celui qui dans un sommeil pénible
s'est vu en proie au songe le plus ef-
frayant, dont un réveil agréable l'a
délivré pour toujours, peut encore
se faire une idée de la situation d'Angelina, elle n'était pas certaine d'être
bien a elle-même, ne suis-je pas,
disait-elle à Olimpe, la dupe d'un
songe flatteur.

Pendant qu'elle répétait cette question, l'abbé à qui Simon avait appris l'arrivée de miss Alstherfone,
envoya deux messages successifs pour
la prier de venir lui promettre d'oublier ses torts envers elle. Mistriss
O'Flanagand répondit pour elle, et
madame de Neuville offrit de l'accompagner.

Toutes deux se rendirent à l'instant chez l'abbé ; la vue de la maison

qu'avait habitée madame de Valville
arracha des larmes à Angelina, la
bienfaitrice qui l'y avait conduite,
deux ans auparavant, n'existait plus
ses yeux la cherchaient en vain,
c'est ici dit-elle en traversant le salon,
que je passais les journées auprès
d'elle, et je ne la verrai plus.

Madame de Neuville, que le souvenir de son amie attendrissait,
mêla ses larmes à celles de la jeune
personne, mais elle l'engagea à la
résignation : en parlant ainsi elles
arrivèrent à la porte du malade ; il fit
un cri de joie quand on lui annonça
Angelina : je mourrai satisfait, dit-il
au chirurgien; celui-ci s'éloigna en
lui recommandant de la modération.

Notre héroïne s'aprocha en tremblant, malgré la pitié que le malade

pouvait lui inspirer, elle éprouvait une extrême répugnance à se trouver devant lui : les impressions qu'il ressentait étaient bien différentes, et la oie la plus vive anima un instant ses traits. Ange du ciel, lui dit il, pourrez-vous me pardonner? Oui, monsieur, répondit l'orpheline, j'oublierai de bon cœur tout le mal que vous m'avez fait, en mémoire des bienfaits de votre respectable sœur ; il y a plus, je souhaite sincèrement que vous puissiez vivre, pour réparer vos fautes par une conduite exemplaire.

Dieu le veuille, dit l'abbé en pleurant, mais je suis dangereusement blessé : il était aisé de voir que la crainte de mourir causait seule les nouveaux sentimens de l'abbé, ma-

dame de Valville n'en était pas la
dupe , et elle lui demanda s'il n'avait
rien de plus à dire à sa pupille ;
l'arrivée de Dubois, qui entra avec
une cassette assez lourde, interrompit cette question.

Mademoiselle, dit le blessé, je
dois vous avouer que la prétendue
banqueroute du dépositaire de vos
fonds était une fable, jamais votre
bien ne passa dans d'autres mains que
les miennes ; le banquier, était un
homme à mes gages, il parut et dis-
parut par mes ordres, voilà le même
or que vous remit miss O'Rahly, j'y
ai joint les diamans de ma sœur,
vous en diposerez selon votre volonté
la maison où je suis va devenir la
vôtre, vous en jouirez après ma mort
ou au rétablissement de ma santé, et

vous y trouverez tout ce qui a appartenu à madame de Valville.

Une faiblesse empêcha l'abbé d'en
dire davantage ; Angelina voulait re-
fuser ses dons, et madame de Neuville les trouvait très-médiocre en
comparaison des torts du mourant,
et de son immense fortune ; néanmoins, elle exigea de sa jeune amie
l'acceptation du tout.

Elles allaient se retirer ; mais Simon conseilla à l'orpheline d'attendre que son maître eût repris connaissance, et d'exiger de lui une dé-
claration en faveur de Saint-Valery ;
madame de Neuville applaudit à cet
avis ; et aussi-tôt que l'abbé ouvrit
les yeux, elle lui en fit la proposition,
il hésita un peu ; néanmoins les instances d'Angelina vainquirent sa ré-

sistance. Simon dressa l'acte, le chirurgien et madame de Neuville, le signèrent avec le malade ; et tranquilles sur tous les points, elles retournèrent auprès de la bonne mistriss qui attendait sa pupille avec une vive impatience.

Le récit de l'entrevue la combla d'une joie réelle : en attendant que je recouvre mon bien, disait-elle, le chevalier n'épousera pas mon enfant absolument dénuée de tout.

Olimpe, par l'ordre de sa mère, se hâta d'écrire à Saint-Valery. Revenez promptement vers nous, lui mandait-elle, vore Angelina vous attend, et tous les obstacles qui s'opposaient à votre union sont détruits.

CHAPITRE XVI.

Ce qui se passe ailleurs. — Rencontre qu'on n'a pas prévue.

En quittant mistriss O'Flanagand, Saint-Valery avait pris au galop la route de Versailles, il voulait donner quelques ordres chez lui et prendre la poste aussi-tôt pour Calais, l'Angleterre seule lui paraissait un asyle sûr contre les poursuites de son ennemi.

Il exécuta son dessein aussi rapidement qu'il l'avait conçu, et il arriva à Calais, sans autre mal qu'une fatigue réelle et le regret de s'éloigner d'Angelina.

Il entrait à l'auberge en même temps qu'un anglais. Le train nombreux du lord, les juremens de ses gens, occupaient l'hôtesse, qui s'épuisait en complimens, et se fatiguait à force de révérences, sans que celui qui en était l'objet parût y faire attention. Le chevalier, dont l'équipage était peu de chose, ne pouvait obtenir une réponse à ses demandes réitérées ; ce fut au lord lui-même qu'il eut l'obligation d'être écouté. Celui-ci interrompit ses complimens en lui faisant appercevoir Saint-Valeri ; le jeune homme avait fixé les regards de *milord*, c'était assez pour que madame Dessin lui montrât des égards, aussi eut-il dès-lors sa part des politesses de l'hôtesse.

Ce petit incident rapprocha tout
de

de suite les voyageurs. La physionomie du chevalier prévenait aisément
en sa faveur, et celle de l'étranger,
malgré une teinte de fierté naturelle
pouvait, par son ensemble , plaire
au premier coup-d'œil. Je suis seul,
dit l'anglais , veuillez , monsieur, me
faire compagnie jusqu'au départ du
paquebot ; il est impossible qu'il
parte à l'heure ordinaire , le vent est
trop contraire.

Une inquiétude visible perçait dans
le maintien du chevalier, elle dicta
même sa réponse : votre proposition,
milord , lui dit - il , m'honore sans
doute , mais une affaire d'honneur m'exile de France , et chaque
moment de retard m'expose infiniment : il ne faut pas me quitter ,
lui dit l'anglais jusqu'au départ du

Tome II. L

paqu bot; vous avez sur vos ennemis
une avance considérable, et à l'aspect du moindre danger, nous trou-
verons le moyen de vous soustraire
à leurs recherches.

Le chevalier était peu rassuré,
néanmoins l'assurance que madame
Dessein, qui faisait grand cas du
lord, ne le trahirait pas, et suivrait
ses ordres en tout, lui inspira un
peu plus de sécurité, il se revêtit
d'un surtout de livrée, et consentit
à passer pour un domestique de l'é-
tranger à qui il conta une partie de
son histoire.

Après ce petit récit nécessaire en
quelque sorte pour reconnaître la
bonne volonté du lord, Saint-
Valery chercha à savoir le nom de

son nouvel ami, celui-ci ne se fit
pas prier pour le dire : vous voyez
en moi, le dernier rejetton des Alsthertone. Alstertone ! répéta le chevalier.

— Oui, monsieur, c'est mon
nom .Mais dites moi de grace, d'où
peut venir le trouble où je vous
vois.

— Mon émotion, milord, a droit
de vous surprendre ; mais avant que
je la justifie à vos yeux, veuillez répondre à une question : Etes-vous
marié, ou l'avez-vous été.

— Quoique j'ignore le but de
votre curiosité, répondit milord, je
ne demande pas mieux que de la
satisfaire ; j'ai été engagé deux fois
sous les lois de l'hymen ; mais la
première fut une union clandestine

dont je me repentis promptement ;
la seconde, quoique légitime ne m'a
pas rendu plus heureux ; les conve-
nances sociales l'avaient formé, et
milady Alsthertone, naturellement
délicate, perdit la vie en la donnant
à un fils qui ne lui survéquit
que six mois. Depuis ce tems j'ai
toujours voyagé, et quoique j'aie
à peine quarante ans, un ennui secret me suit partout : voilà la cin-
quième fois que je débarque en
France ; je ne sais si ce voyage dis-
sipera mes soucis, mais c'est au
moins le but que je me suis pro-
posé.

— Encore un mot, milord ; comment se nommait, je vous prie,
l'épouse de votre choix ?

Ici l'Anglais quitta brusquement

le fauteuil dans lequel il était enfoncé. En vérité, monsieur, s'écria-t-il, vos questions sont bien déplacées; est-ce que vous avez jamais étéen Angleterre ?

— Non, milord, mais j'ai de puissans motifs.....

— De puissans motifs, interrompit le lord : puisque vous n'avez jamais été à Londres, vous n'avez jamais connu Angelina Serwell.

— Grands Dieux, dit avec explosion ! l'amoureux chevalier, sans répondre à milord, j'ai retrouvé le père de mon Angelina.

— De votre Angelina ! répétait milord Alsthertone. Voudriez-vous, monsieur, ajouta-t-il, en se rapprochant de Saint-Valery, m'expliquer une énigme que chacune

L. 5

de vos paroles rend un peu plus obscure?

Le chevalier ne demandait pas mieux, il lui conta rapidement ce que Sally lui avait appris sur la naissance de son amie, la manière dont il en avait fait connaissance, et les derniers évènemens qui les affligeaient l'un et l'autre ; rien ne fut oublié. J'ai puni l'abbé de son crime, ajouta-t-il, Angelina est vengé ; mais si je ne puis vaincre ses scrupules, je serai toujours malheureux.

Milord rêvait profondément : Jeune homme, dit-il à Saint-Valery, votre récit a des rapports si frappans avec ma propre histoire, que je suis dans une cruelle perplexité.

J'avais près de vingt-trois ans, et je sortais depuis peu de l'université d'Oxford. Lorsque je vis miss Serwell pour la première fois, sa modestie et la douceur qu'elle faisait paraître, plus encore que ses charmes extérieurs, m'attachèrent à elle ; je l'aimai bientôt avec passion, et je sollicitai l'aveu de ma famille pour en faire mon épouse ; je fus durement refusé, mais je continuai de la voir à l'inçu de sa mère, voulant même assurer son sort pour le tems où je serais libre, je m'unis à elle par un mariage secret : peu de jours après je fus forcé de m'éloigner d'elle ; à mon retour, on me remit une lettre d'Angelina ; elle m'apprenait qu'elle allait être unie à un homme plus assorti à son rang,

et qu'elle me priait de l'oublier :
furieux, je voulais aller trouver un
rival que je ne connaissais pas, et
lui arracher la vie : ma mère n'é-
pargna rien pour calmer mes transports, elle m'entraîna à la campagne; j'en revins quelques mois
après, toujours plus amoureux :
j'appris que miss Serwell était morte
presque subitement, après avoir
langui long-tems; non - seulement
elle n'avait pas été mariée, mais
on m'assura que depuis mon départ
elle avait toujours été malade. Ce
rapport en avait si peu avec la lettre,
qu'on m'avait remise de sa part,
que je soupçonnai une trahison; je
cherchai ce maudit billet pour con-
fronter l'écriture avec celle que j'a-
vais encore, mais je ne pus le trou-

ver : au désespoir d avoir perdu mon épouse , fante d'avoir pu pénétrer ce mystère d'iniquité, je partis pour l'Italie , et je voyageai plusieurs années ; j'avais vingt-huit ans quand je revins à Londres, ma mère n'existait plus ; les instances réitérées du prince de Galles , pour ne pas laisser éteindre mon nom , me décidèrent à former de nouveaux liens ; j'épousai la fille unique de milord Clame ; elle mourut, comme je vous l'ai dit , et depuis ce tems , toujours errant , étranger partout, me plaisant rarement dans les endroits où je m'arrête , j'ai mené l'existence la plus pénible ; je regrette la femme que j'ai adorée , mais je n'ai jamais su que notre union ait eu des suites. Conduisez-moi de grâce au-

près de votre amie : s'il était vrai
qu'elle fût ma fille, ma fortune ne
serait pas capable de vous prouver
ma reconnaissance, je vous devrais
mon bonheur. Partons de suite,
ajouta milord Alsthertone.

Vous oubliez, milord, dit en soupirant Saint-Valery, que mon retour
à Paris est impossible dans le moment.
Plus heureux que moi, vous pouvez,
avant peu, embrasser Angelina, ses
aimables qualités, plus encore que
ses traits, vous la feront reconnaître.

Touché de la tendresse que le jeune
homme faisait paraître pour celle
qu'il soupçonnait fortement lui tenir
de très-près, le lord l'embrassa avec
affection : mon jeune ami, lui dit-il,
si les choses sont comme j'ai tout lieu
de le croire, vous touchez de près au

bonheur ; l'outrage que votre amante
a éprouvé ne doit pas diminuer votre
estime pour elle, si vous êtes sûr de sa
vertu. Vous avez déjà châtié le misérable qui cause vos peines, s'il ré-
chappe de cette leçon, je lui en réserve une autre qui lui ôtera, je l'es-
père , le goût des plaisirs criminels.

CHAPITRE XVII.

Le Roman tire à sa fin.

LE dîner interrompit la conversation des nouveaux amis ; la présence des domestiques les forçant à ne parler que de choses indifférentes, ils gardèrent insensiblement un silence absolu , et chacun d'eux se livra sans réserve à ses propres pensées ; le cœur de milord lui disait que l'amie du chevalier était bien réellement sa fille : Saint-Valéry n'en doutait pas , et se réjouissait de son bonheur ; une seule crainte troublait sa satisfaction : si le père d'Angelina, en la reconnais-

sant

sant pour sa fille, allait exiger le sa-
crifice de son amour et vouloir dis-
poser de sa main. Cette pensée altéra
ses traits si visiblement, que milord
s'apperçut qu'il n'était pas tranquille,
et il n'épargna rien pour le distraire
de son inquiétude.

Le reste de la journée se passa de
même, Angelina était le seul objet
de l'entretien ; Saint-Valery avait
payé sa place au paquebot, et il attendait avec une sorte d'impatience
que le temps permît le départ ; de son
côté, milord, bien résolu de ne le
quitter qu'à ce moment, desirait pres-
qu'autant que lui, que le vent fût favorable.

L'heure du souper arriva enfin,
les deux amis allaient se mettre à
table, loosque le bruit d'une querelle

assez vive attira leur attention : mon
maître doit être ici , criait une voix ;
j'ai appris à la poste qu'il y était des-
cendu ; le paquebot est resté dans
le port , ainsi ne me le celez pas par
un zèle mal-entendu.

Saint-Valery reconnut la voix de
son valet-de-chambre , et malgré les
avis de milord , il descendit préci-
pitamment.

C'était en effet le fidèle Duphar ;
il reconnut son maître , et rit de
tont son cœur de son déguisement.
A l'arrivée d'un message de madame
de Neuville , lui dit-il , j'ai couru à
Genevilliers. Voilà la lettre qu'on
m'avait apportée. Vous pouvez revenir , monsieur , sans aucun risque ,
et il lui remit une copie de la décla-
ration de l'abbé , qui portait en subs-

tance, qu'il s'était attiré par sa faute,
le coup qui le mettait aux abois, et
que le chevalier n'était réellement
pas coupable.

Milord Alstherthone sauta au col
du jeune homme : pour le coup,
s'écria-t-il, aussi-tôt après le souper,
nous prendrons le chemin de Paris,
la proposition était trop agréable,
pour n'être pas reçue avec joie, il n'y
eut que madame Dessin qui ne fut
pas satisfaite, elle avait toujours vu
milord s'arrêter chez elle plusieurs
semaines, et elle le voyait partir
le jour de son arrivée ; sa tristesse
était visible, elle réjouit les gens du
noble anglais, qui préféraient l'hôtel
où leur maître logeait ordinairement à Paris à l'auberge de madame
Dessin.

Les deux voyageurs coururent la
poste sans s'arrêter ; mais néanmoins
étant arrivés le lendemain assez
tard , ils résolurent, par bienséance ,
de différer leur visite à ces dames
jusqu'au jour suivant, et ils se rendirent ensemble à Versailles dans la
maison du chevalier.

CHAPITRE XVIII.

Aussi médiocre que les autres.

ANGELINA attendait impatiemment
le retour du domestique que son
amie avait envoyé à Versailles, quelles
furent sa surprise et sa douleur en
apprenant son départ précipité ; il y
a, s'écria-t-elle, une fatalité incon-
cevable dans ma triste destinée ; semblable à un vain fantôme, le bonheur
fuit légèrement devant moi, et quand
je crois n'avoir plus qu'à l'étreindre,
je n'embrasse qu'une ombre fugitive.

Pendant que les amies de notre

M 5

héroïne faisaient de vains efforts pour
l'engager à la résignation, le valet-
de-chambre du chevalier arriva, se
doutant que le courier de Gennevilliers avait un but important, il suivit
de près le messager de mademoiselle
de Neuville ; il offrit aux dames de
marcher sur les traces de son maître :
pour peu que le paquebot retarde,
ajouta le domestique je pourrai
rejoindre monsieur à Calais, et le
ramener sur-le-champ.

Cette offre fut acceptée avec joie,
mais son départ ne rassura pas Angelina ; vous verrez, répétait-elle,
qu'il sera embarqué, et qu'on ne le
joindra qu'à Londres. Qui sait, hélas!
quand nous nous reverrons.

Mistriss O'Flanagand n'oublia rien
pour inspirer à son élève un peu plus

d'espérance. Rappelez-vous, mon
enfant, lui dit-elle, que la providence ne vous a jamais abandonnée :
au milieu des plus rudes épreuves,
elle vous a toujours soutenue, et les
plus grands chagrins vous ont con-
duits par degrés à un bonheur cer-
tain, gardez-vous d'outrager le ciel
par des murmures indiscrets, votre
situation ne peut pas supporter de
comparaison avec celle dans laquelle
vous gémissiez il n'y a pas vingt-quatre
heures ; sachez jouir des faveurs cé-
lestes, et si la précipitation du chevalier retarde de quelques jours l'ac-
complissement de vos vœux, sup-
portez ce désagrément avec le courage qui vous convient.

Ces raisons devaient nécessairement avoir peu de poids auprès d'une

jeune personne que ses malheurs avaient accoutumée à considérer tout en noir; néanmoins ne voulant pas affliger sa mère adoptive, elle feignit de se rendre, et de partager son opinion.

L'abbé allait toujours de mal en pis, d'abondantes saignées pouvaient seules le sauver, et par une suite de sa pusillanimité ordinaire, il fallait lui présenter la mort prête à s'emparer de lui pour le résoudre à se laisser rouvrir la veine.

Malgré ses instances réitérées, Angelina ne voulait plus retourner auprès de lui, il fallut les plus grandes instances pour la résoudre à lui faire une seconde visite : ce n'était pas par un motif de haine,

mais ses outrages ne pouvant s'effacer de sa mémoire , elle ne pouvait se défendre d'un sentiment
pénible en revoyant l'auteur de ses
chagrins.

CHAPITRE XIX.

Bonheur inespéré.

Notre héroïne , suivant la coutume qu'elle avait prise dans le tems de ses privations, se levait de très-grand matin ; le lever du soleil , le chant des oiseaux , l'odeur suave que les fleurs exhalent au commencement d'un beau jour ; en un mot toutes les jouissances de l'âme si simples et si puériles aux yeux des gens du bon ton , avaient pour la douce Angelina un charme inexprimable. En contemplant les merveilles de la nature , son âme aimante s'élevait vers son auteur, et le spectacle continuel d'un miracle sans cesse renaissant, en lui faisant oublier ses peines, lui en faisait espérer la fin.

La croisée de la chambre qu'elle partageait avec Olimpe, avait vue sur l'avenue; elle se rappellait, en y jettant les yeux, la première entrevue de Saint-Valery avec madame de Valville, elle voyait encore le regard mal assuré du jeune homme en sollicitant la permission de faire sa cour aux amies d'Angelina, le souvenir de son amant plongeait la jeune orpheline dans une rêverie qui n'était pas sans quelques charmes. Tout à coup le bruit du pas de plusieurs chevaux, l'arrache à cette douce extase, un nuage de poussière s'é-

lève au milieu de la route, Angelina
tremblante, émue, retient son haleine
afin de saisir le son de quelques voix
dont la vibration se perd dans le
vuide de l'air : enfin, elle a cru reconnaître un organe trop cher à son
cœur, elle ne doute pas une minute
du retour de son amant, et dans
l'excès de sa joie, elle s'élance sur
le lit d'Olimpe, dont, jusqu'à cet instant, elle avait évité de troubler le
sommeil.

La vivacité avec laquelle elle éveil-
lait son amie, l'altération de sa voix
et le vif incarnat de son teint, firent
pressentir à mademoiselle de Neuville quelque chose d'intéressant. Il
arrive, s'écria Angelina, et en-
traînant Olimpe à la fenêtre, elle
lui montra quatre hommes à cheval
dont

dont il était impossible de distinguer les traits.

Vous avez d'excellens yeux, dit en riant mademoiselle de Neuville, ou l'amour les fascine au point que vous voyez votre amant dans ceux qui ont le moins de similitude avec lui.

Au lieu de répondre aux sarcasmes de son amie, Angelina, devant une glace, s'empressait de donner plus de grace à sa toilette du matin; retournant ensuite à la croisée, elle s'écria, c'est bien lui, et elle tomba dans un fauteuil, sans couleur et sans voix.

Son extrème saisissement persuadant Olimpe bien plus que ses paroles, elle se leva à la hâte, elle était à peine vêtue, que le bruit de

Tome II.   N

la sonnette l'assurant d'une visite, elle
embrassa sa jeune amie avec une
véritable joie, et l'exhorta à calmer
une émotion trop vive. Songez, lui
dit-elle, que le chevalier n'est pas
seul, son triomphe serait trop grand
si un étranger était témoin de l'excès
de votre amour.

La jeune anglaise sourit, et eut recours à un flacon que sa main tremblante soutenait avec peine, et assura son amie, qu'elle était parfaitement calme.

Nonobstant ses protestations, la
voix de Saint-Valery qui se fit entendre sur l'escalier, faillit la faire
évanouir : Olimpe se doutant qu'il
demandait à la voir, ouvrit promple-
ment sa porte, et Saint-Valery s'é-
ançant dans la chambre avec un

étranger de la plus belle figure, courut aux pieds d'Angelina.

L'aspect d'un inconnu en impo-
sant à notre orpheline ; elle retrouva
assez de forces pour répondre au chevalier avec autant de dignité que de
tendresse, et elle sut si bien, dans
cette touchante entrevue, accorder
son amour et la modestie de son sexe
que son amant ivre de joie, s'écria
en s'adressant à l'étranger, ne vous
avais-je pas bien dit que cet ange
était un modèle de toutes les per-
fections.

Comme sa mère, dit milord Alsthertone, avec un attendrissement
qui croissait par degré ; chère Angelina, ajouta-t-il en s'approchant
de sa fille, aurez-vous assez de
force pour voir en même tems à

vos pieds, un amant qui vous adore,
et dans vos bras un père qui vous
chérit déjà.

Angelina, déjà trop émue, n'en
entendit pas davantage, elle se jetta
dans le sein de son père, et perdit
toute connaissance.

Les soins de ceux qui l'entouraient l'eurent bientôt rendue à
elle-même ; c'est bien elle, répétait milord, je crois voir mon Angelina au moment de notre séparation.

Mon enfant, dit - il à sa fille,
pourrez-vous me pardonner un aban-
don aussi involontaire que prolongé ?.

— Ce seul instant, mon père me
paie avec usure tout ce que j'ai souffert: désormais, dit-elle avec explo-

sion, je puis défier le sort, réunie
à tout ce qui m'est cher, digne de
l'amour de celui qui m'a préférée,
je ne dois plus craindre ses coups.

Ces derniers mots étaient à-peu-
près une énigme pour milord et le
chevalier ; le dernier en attendit
l'explication ; le premier, en con-
sidérant sa fille, regrettait davantage la femme adorée dont elle lui
offrait les traits : Angelina, lui
dit-il en essuyant une larme, en
vous retrouvant, je devrais être heureux , et cependant il manque à
mon bonheur quelque chose d'essentiel.

Je vous entends, milord, répondit Angelina, il n'est pas en mon
pouvoir de réparer notre commune
perte ; mais par mon respect et mes

soins, je tâcherai au moins d'adou-
cir vos regrets.

Milord Alsthertone embrassa tendrement sa fille ; Olimpe craignant
une agitation trop vive pour mistriss
O'Flanagand, descendit pour la prévenir, et laissa à eux-mêmes trois
êtres qu'une longue conversation
ne pouvait pas ennuyer.

CHAPITRE XX.

Suite du précédent.

LA maison de madame de Neuville n'était pas bien étendue : en
conséquence, l'arrivée du chevalier
avait suffi pour l'éveiller , sa fille
la trouva debout, et elle lui apprit
rapidement ce qui venait de se passer : cette dame admira comment la
Providence avait conduit à fin les avantures de sa jeune amie ; combien
elle va être heureuse , dit-elle à sa
fille ; une seule chose me fâche dans
tout ceci , c'est que nous la per-
drons bientôt.

Olimpe sourit, elle ne put s'empêcher de penser au tems où Angelina calomniée par l'Ormeuil, était hautement blâmée par sa mère, et aurait été fort mal reçue si elle eût osé paraître devant elle.

Le lecteur ne doit pas s'étonner du changement subit de madame de Neuville ; l'abbé avait acquis aux yeux de la bonne dame, tous les titres à une confiance sans bornes ; l'orpheline n'était connue d'elle que sur le rapport de madame de Valville, à qui O'Rhaly elle-même avait parlé d'elle d'une manière peu satisfaisante ; la figure intéressante de l'étrangère avait trompé sa bienfaitrice, qui avait été dupe d'un mauvais sujet.

Ainsi raisonnait la mère d'Olimpe,

ses procédés dans cette circonstance sont trop ordinaires pour qu'on en soit surpris , les malheureux ont toujours tort, c'est à qui les accablera, et le plus grand bonheur qu'ils puissent éprouver dans leur détresse, c'est de n'occuper personne.

Les réflexions de mademoiselle de Neuville à cet égard, ne s'étant pas prolongé plus long-tems, les nôtres doivent cesser aussi , je reviens donc aux personnages , dont l'heureux trio offrait le tableau d'une félicité peu commune.

Olimpe vint les avertir que sa mère les attendait. J'ai commis une faute, dit milord Alsthertone , je devais commencer par rendre mes soins à ces dames, ma fille sera mon excuse, et il s'empressa de suivre sa conduc-

trice, jusqu'au chevet du lit de la
bonne irlandaise.

Mistriss O'Flanagand avait quelque
fois vu milord chez mistriss Serwell,
soit que sa mémoire la servit, ou que
ce fut un effet de la prévention, elle
prétendit le reconnaître, et malgré
les torts dont elle le croyait coupable
elle le reçut à bras ouverts.

Milord répéta, sans se faire prier, la
ce qu'il avait déja raconté au chevalier,
et comme ce récit avait précédé la
connaissance des faits qui pouvaient
l'intéresser, tout le monde y ajouta
foi ; il était clair que les deux époux
avaient été trompés par les parens
d'Alsthertone : c'était donc à eux
seuls qu'il devait imputer la fin malheureuse de sa femme.

Saint-Valery apprit à son tour les

dispositions de l'abbé en faveur de sa pupille, et il se réjouit sincèrement de ce qu'on pouvait le sauver.

Désormais l'union des deux amans ne pouvait plus éprouver d'obstacles, et milord annonça qu'il allait sans délai remplir les formalités néces-saires pour assurer le sort de sa fille.

Saint-Valery regrettait hautement qu'on l'eût empéché de l'épouser orpheline; elle aurait été plus sûre de son amour, disait-il, à milord.

Vous l'avez assez prouvé, mon ami, répondait le père de son amie, et madame de Neuville prétendait que tout était pour le mieux.

La bonne mistriss nageait dans la joie; ses bienfaits envers sa pupille, ses souffrances personnelles, tout était réparé par le bonheur de son enfant, et elle allait jusqu'à se réjouir des évènemens fâcheux qui avaient amené une crise si favorable.

De son côté l'heureux père ne savait comment témoigner sa reconnaissance à la bienfaitrice de sa fille, et il se promettait bien d'avoir toujours pour elle les soins les plus affectueux.

Saint-Valery instruit des aveux de l'abbé touchant sa jeune promise, ne put se défendre d'une joie secrette ; ce sentiment était trop naturel pour ne pas l'approuver.

CHAP.

CHAPITRE XXI.

La surprise de l'amour.

EN attendant que milord eût
monté sa maison à Paris, madame
de Neuville lui offrit une partie de
son modeste asyle ; il accepta vo-
lontiers pour être plus près de sa
fille, et Saint-Valery en allant visiter le marquis d'Omerval, s'assura
d'un logement au château.

Celui-ci en apprenant le sort ac-
tuel de la jeune personne qu'il avait
espéré de séduire, regretta sincèrement sa conduite envers elle ; ce
n'était pas par principe de délicatesse

Tome II. O

qu'il se repentait de ses torts ; mais
un mariage comme celui-là lui aurait infiniment convenu , et il en-
viait le sort de son ami.

Voulant s'introduire de nouveau
dans la famille d'Angelina , il écri-
vit à madame de Neuville une longue
lettre d'excuses qui fut communi-
quée sur-le-champ à tous les intéressés : dans le bonheur on est toujours porté à l'indulgence , on lui
pardonnait de bon cœur, on l'ad-
mit aussi facilement, et le même
jour le vit paraître , un peu confus d'abord ; mais les manières
franches de milord l'eurent bientôt
mis à son aise.

Un mois s'écoula ainsi ; milord
attendait avec impatience les papiers
nécessaires pour conclure l'hymen

des deux amans ; Saint-Valery toujours auprès de son amie, trouvait
bien long le tems qui lui restait à
parcourir jusqu'au moment de son
bonheur ; Angelina seule, entre son
père et son amant, ne soupçonnait
pas qu'elle dût se trouver plus heureuse encore.

Milord Alsthertone avait depuis
la mort de son Angelina conservé
son cœur dans une parfaite indif-
férence ; il avait même eu très-peu
de commerce avec les femmes ; il
n'avait pas quarante ans, était parfaitement bel homme, et Olimpe ne
put le voir sans cesse impunément ;
il ne fut pas plus insensible pour
elle ; et sans avoir parlé d'amour,
ils s'aimaient tendrement tous deux.

Olimpe s'abandonnait sans dé-

fiance au sentiment nouveau qui
agitait son cœur ; il n'en était pas
de même de milord , il éprouvait
une sorte de honte à porter de nouvelles chaînes.

Ses rêveries continuelles , son
émotion quand il était auprès de
madame de Neuville , et ses regrets
quand ses affaires l'éloignaient d'elle,
firent deviner à Saint-Valery , et son
amour et le nom de l'objet qui avait
touché son cœur ; il en parla à son
amie , et tous deux firent tant qu'ils
obtinrent promptement une confidence entière.

Toujours étrangère à toute idée
d'intérêt , Angelina se réjouit de
pouvoir resserrer les liens d'une
véritable affection , et elle engagea
son père , à demander Olimpe sans
délai.

Le chevalier joignit ses instances à celles de notre héroïne, et l'amoureux anglais se laissa vaincre ; il résolut seulement d'assurer à sa fille la moitié de sa fortune indépendante de sa part de succession, s'il avait d'autres enfans.

La proposition de milord Alstherlone eut donc lieu le même jour à la fin du dîner ; madame de Neuville étonnée, ne trouvait pas d'expression pour répondre à une demande aussi honorable ; néanmoins elle objecta la différence des religions.

Ma fille et Saint-Valery, répondit milord, offrent le même obstacle, et vous voyez cependant que l'amour a su le détruire. Rassurez-vous, madame, dans quelque

O 3

croyance que le ciel nous ait fait
naître, nous sommes aussi chers à
la Divinité, et le salut de votre charmante fille ne courera pas plus de
risques avec moi qu'avec un catholique romain : elle sera parfaitement libre dans l'exercice de son
culte ; jamais je n'apporterai aucun
obstacle à ce qu'elle croira devoir
faire.

Rassurée à cet égard, madame de
Neuville voulut consulter sa fille ;
elle avait quitté l'appartement au
commencement de la conversation,
Angelina courut la chercher : ins-
truite par son amie du résultat de
l'entretien, elle rentra dans le salon avec une émotion visible ; un
vif incarnat colorait ses joues, Angelina vous a sans doute communi-

qué mon entretien avec milord , lui
dit sa mère : que faut-il que je ré-
ponde ?

Olimpe , pour toute réponse , se
jetta dans ses bras.

Elle est à vous , dit en riant, mistriss O'Flanagand : fille qui rougit ,
et ne dit mot , quand on la demande
en mariage , est à moitié mariée.

Mademoiselle de Neuville ne put
s'empêcher de sourire , milord s'empara de sa main ; elle n'essaya pas
de la reprendre , et dès ce moment
on s'occupa sérieusement des pré-
paratifs du double hymen.

CHAPITRE XXII.

Les Noces et le départ.

LE neuvième jour après la demande d'Olimpe mit les deux amies
dans les bras de leurs heureux époux,
et Sally quitta dès ce moment les
fonctions de femme-de-chambre ;
les services qu'elle avait rendu à sa
maîtresse, méritaient une récom-
pense ; elle demanda à ne pas quitter mistriss ni sa pupille, et elle
y resta en qualité d'amie.

Madame de Neuville n'avait aucun lien qui pût la retenir en France ;
elle se décida donc aisément à faire

le voyage de Dublin ; Saint-Valery
et sa femme devaient habiter tour-
à-tour l'Angleterre et la France ;
mais les intérêts de mistriss l'ap-
pelaient en Irlande , et tous nos amis
crurent devoir l'y accompagner.

L'abbé apprit bientôt ce projet de
départ; il était hors de danger , et
son amour renaissait avec ses forces ;
il ne pouvait plus rien tenter contre
l'honneur de sa pupille , il aurait
craint l'éclat , et peut-être la punition d'une semblable démarche ; il
en était donc réduit à brûler d'un
amour inutile.

Ne pouvant se résoudre à être plus
long-tems témoin du bonheur de
son rival , il revint à Paris, et chargea son notaire de mettre Angelina
en possession de la maison qu'il lui

abandonnait ; elle y trouva tout ce
qui avait appartenu à madame de
Valville, et avant son départ, elle
y donna une fête à sa famille.

Christine fut installée concierge
des deux maisons, et libres de tous
soins, nos voyageurs prirent la
route de Dunkerque, où ils devaient s'embarquer.

Le ciel qui désormais voulait être
favorable aux héros de cette histoire ne se couvrit d'aucun nuage
pendant la traversée, et on arriva
à Dublin sans s'être apperçu de la
longueur du voyage.

Olimpe seule avait été malade
sur mer ; deux jours de repos suffirent pour la remettre dans le
meilleur état.

Nos voyageurs allèrent loger dans un hôtel garni , presque en face de l'hôtel où mistriss O'Rahly jouissait sans remords d'un bien qui ne lui appartenait pas.

CHAPITRE XXIII.

Juste punition.

SARA lisait paisiblement son office,
quand on annonça milord Alsthertone ; ce nom détesté la fit chan-
ger de couleur, et elle répondit au
domestique qu'il lui était impossible de recevoir personne.

Ce refus n'en imposa pas à milord ; il entra dans l'appartement en
dépit du laquais, et il trouva l'Irlandaise dans sa pieuse occupation.

Elle pâlit en le voyant, il semblait
qu'elle pressentit le sort qui l'attendait.

Je

Je vous suis inconnu, madame, lui dit-il, je vous apporte d'heureuses nouvelles ; mistriss O'Flanagaud, dont vous avez pleuré la mort, existe, et vous la reverrez bientôt.

(Sara s'était levée, elle retomba dans son fauteuil.)

Je ne sais, milord, dit-elle enfin, quel est l'être assez hardi pour avoir osé vous annoncer l'existence de ma parente ; je l'ai vu ensevelir, moi-même ai ordonné ses obsèques ; ainsi tous les mensonges qu'on a pu inventer sont inutiles, et ne pourront parvenir à troubler ma tranquillité.

J'aime à croire, répondit milord, que vous avez été trompée vous-même par de fausses apparences ; votre respectable parente

m'a accompagné dans cette ville,
et je vous engage à la reconnaître
sur-le-champ, pour éviter un procès
qui tournerait à votre honte.

— En quoi ? s'écria miss O'Rahly
à demi-suffoquée par une violente
colère, cette fable peut-elle m'humilier.

— En ce que, non-seulement la
reconnaissance, mais encore l'humanité, vous imposaient la loi de
faire les informations les plus exactes
sur le sort de votre bienfaitrice ; il
est bien prouvé que vous n'avez pas
rempli ce devoir, puisque la malheureuse dame a été retrouvée il y
a quelque tems dans un hôpital ;
c'est à la jeune personne que vous
regardiez comme l'enfant de la compassion, qu'elle est redevable du

retour de sa raison et de l'aisance dont elle jouit.

Il était aisé de voir que Sara était terrassée par la preuve trop convaincante de l'existence de sa parente; néanmoins elle eût été bien fâchée de se rendre à l'évidence, et elle persista à dire, qu'ayant l'extrait mortuaire de mistriss, elle défiait tous les imposteurs.

Persuadé qu'il perdait son tems auprès de cette misérable, milord Alsthertone la quitta, et retourna à son hôtel.

Une scène plus intéressante s'était passée en son absence, Sally avait été reconnue par deux anciens domestiques de son ancienne maîtresse; elle leur avait appris ses avantures, et ces deux hommes

avaient répandu dans la maison de
Sara le bruit de cette étonnante ré-
surrection : cette nouvelle produi-
sit tout l'effet qu'on pouvait en attendre , mistriss O'Flanagand était
adorée de ses gens : peu inquiets
de ce que disait leur maîtresse,
ils courrent à l'hôtel où logeait
la bonne irlandaise , et ils n'atten-
dirent pas qu'on les eût annoncés
pour entrer dans sa chambre , tous
tombèrent à ses pieds en versant des
larmes de joie.

Cette entrevue touchante émut dé-
licieusement le cœur sensible de la
respectable dame ; le plus ancien,
(celui qui avait soutenu que le cadavre rapporté n'était pas le sien),
prit la parole au nom de ses ca-
marades, et demanda à rentrer sur-

le - champ au service de mistriss.

Elle voulut envain leur observer
l'état présent de sa fortune ; ils ne
voulurent pas entendre parler d'intérêt , et il fallut pour les satisfaire s'engager à les reprendre après
le retour de milord.

Il arriva dans le moment , ils re-
renouvellèrent leur demande : sûr
du succès de ses démarches en faveur de sa vieille amie , il les arrêta sur-le-champ , et il raconta devant eux , la réception de miss
O'Rahly ; mistriss s'y attendait à
moitié ; cependant elle fut affligée
de cet excès d'ingratitude.

Sûre du témoignage de sa maison entière , elle attaqua aussitôt
son infâme héritière , qui fut una-
nimement condamnée à reconnaître

l'existence de sa bienfaitrice , et à lui restituer le bien dont elle s'était emparé.

Cette sentence fut un coup de foudre pour l'orgueilleuse ; elle se voyait réduite à implorer les bienfaits de celle qu'elle avait dépouillée par une bassesse digne d'elle seule ; elle rassembla l'argent comptant et les effets précieux qu'elle put emporter , et elle prit la fuite avec une fille qui l'avait toujours servi avec zèle.

Elle voulait passer en France , mais elle périt d'une fièvre maligne à bord du vaisseau sur lequel elle s'était embarquée.

La nouvelle de sa mort fut reçue sans regret dans la famille d'Angelina ; mistriss O'Flanagand ayant arrangé ses affaires, suivit ses amis à Londres; les deux nouvelles mariées y accouchèrent à peu de distance, l'une d'un garçon, l'autre d'une fille : la naissance du premier combla milod de joie; Saint-Valery dont l'orgueil était moins satisfait, n'en reçut pas moins avec affection la vive image de son Angelina; Olimpe n'eut pas d'autre enfant; mais madame de Saint-Valery combla l'année suivante les vœux de son époux en lui offrant un fils.

CONCLUSION.

Mistriss O'Flanagand , premier instrument du bonheur de notre héroïne , par les soins maternels qu'elle avait pris de son enfance , fut toujours l'objet des attentions les plus soutenues , madame de Neuville partageait l'affection qu'on lui portait ; mais à l'exception de sa fille , tous préféraient la bonne irlandaise , qui indépendamment de ses droits à la reconnaissance de ses amis , avait infiniment plus d'esprit et d'amabilité.

Les succès dont elle pouvait s'enorgueillir dans l'éducation d'Angelina,

gelina , l'engagèrent à se charger
des fonctions de gouvernante envers sa fille ; elle se ressentait de
moins en moins de la maladie mo-
rale qui l'avait affectée , et rien
ne s'opposant à ce qu'elle pût remplir cette tâche , elle s'en chargea
malgré les instances de sa fille
adoptive , qui craignait pour elle
la fatigue et les contrariétés insé-
parables des soins de la première
éducation.

Ses succès passèrent ses espé-
rances , et la jeune Saint-Valery ,
quoique privée de bonne heure de
ses instructions , fut à la fois la
consolation de sa respectable ins-
titutrice , et la joie de ses parens.

Après avoir fourni son utile car-
rière , mistriss O'Flanagand mourut

regrettée de tous ses amis , et par-
ticulièrement de sa petite élève ,
qui n'avait encore que neuf ans.

Le desir de perfectionner son
éducation , avait ramené les deux
familles en France , Saint-Valery
d'ailleurs voulait y prendre un gou-
verneur pour son fils.

Olimpe avait le même desir , et
il était convenu que les deux enfans
seraient confiés au même insti-
tuteur.

A leur retour à Paris , Angelina
avait appris que l'abbé dont la
guérison avait éteint les remords ,
redonnait plus que jamais dans les
honteux écarts dont elle avait failli
devenir la victime ; il avait même
profité de l'orage politique qui dé-
solait la France , pour mettre moins

de mystère dans son infâme conduite : après avoir oublié sa pupille, il s'était épris d'une actrice ;
elle devint aisément la punition de
ses fautes, en le ruinant com-
plettement.

Toujours bonne et compâtis-
sante, madame de Saint - Valery
ne put apprendre sans émotion
que le frere de sa bienfaitrice était
presque réduit aux horreurs de l'indigence. Autorisée par son époux,
elle lui abandonna la jouissance
de la maison qu'il lui avait donné,
et joignit à ce bienfait celui d'une
pension honnète.

Ce procédé plus efficace que la
bassesse de la vile créature qui
avait causé sa ruine, aurait peut-
être suffi pour opérer la conver-

tion du coupable l'Ormeuil ; mais
le ciel lui réservait une fin ter-
rible : tout entier à ses plaisirs , il
s'était peu occupé de la révolu-
tion , cela n'empêcha pas qu'il ne
fût arrêté et enveloppé dans la
foule des déplorables victimes de
l'aveuglement populaire.

Les impressions terribles que
cette catastrophe avait laissé dans
l'âme de nos héros , décidèrent
leur sort ; ils vendirent leurs biens ,
et retournèrent à Londres avec
Christine qui ne voulut pas les
quitter.

Depuis ce tems , aucun évènement fâcheux n'a troublé leur tranquillité : parvenus à cet âge , où
l'amour fait presque toujours le sort
des faibles humains , le jeune Als-

thertone et la fille d'Angelina ont
réalisé le projet formé dans le se-
eret par leurs mères ; ils sont époux
sans avoir connu les peines de
l'amour, et les trois familles réunies,
offrent à ceux qui les entourent, le
tableau du vrai bonheur.

» venir. — Vous deviez partir, en
» effet, après lui, autant qu'il m'en
» souvient. Il aurait dû vous emme-
» ner avec lui. — C'était impossible :
» il m'avait chargé d'une commission
» importante... »

Ici, mon valet de chambre, craignant sans doute de s'être trop expli-
qué, s'arrêta. Il reprit ainsi :

» Mais, puis-je savoir pourquoi
» vous m'avez fait demander? —Nous
» avons reçu une lettre de Mr. de
» Valdel par laquelle il nous fait part
» de son arrivée à Worms, et nous
» charge en même tems de vous de-
» mander si vous avez pu soustraire
» les objets pour lesquels il vous
» avait envoyé à Paris, ce qui a
» dû vous être facile, puisqu'il a été

www.ingramcontent.com/pod-product-compliance
Lightning Source LLC
Chambersburg PA
CBHW070858030726
47504CB00005B/1380